Matthias Stührwoldt ist Bauer und Schriftsteller zugleich. Er wurde 1968 geboren, lebt mit seiner Frau und seinen fünf Kindern im schleswig-holsteinischen Stolpe und bewirtschaftet dort einen 107 ha großen Biohof. In seinen Büchern präsentiert er fantasievolle Anekdoten und Kurzgeschichten über das Leben auf dem Land. »Ich glaube, ich wäre ein schlechterer Bauer, wenn ich nur Bauer wäre und ein schlechterer Autor, wenn ich nur Autor wäre.« Stührwoldt beschreibt sein Leben und seinen Alltag mit unerschütterlichem Humor. Neben Kühe melken und Gülle fahren, nimmt er sich auch immer Zeit zum Schreiben. Seine Bücher und Hörbücher heißen »Verliebt Trecker fahren«, »Schubkarrenrennen« oder aber »Nütz ja nix« und »Ein Bauer erzählt« (alle erschienen im ABL Verlag GmbH, www.bauernstimme.de). Das hier vorliegende Buch ist ein erster Band mit plattdeutschen Geschichten.

Matthias Stührwoldt

Schnack vernünfti mit mi …

Quickborn-Verlag

Die plattdeutsche Schreibweise des Autors
ist unverändert übernommen worden.

ISBN 978-3-87651-350-8

Umschlagfoto: Katrin Schmitt
Gesamtherstellung: CPI – Clausen & Bosse GmbH, Leck
Der Umwelt zuliebe
auf chlorfrei gebleichtem Papier gedruckt
Printed in Germany

Inhalt

Schnack vernünfti mit mi!

Eegentlich bün ik gor keen Plattdütschen. Mien Öllern hebbt zwar jümmer Plattdütsch schnackt, aver nie mit uns Kinners. Mit uns hebbt se Hochdütsch schnackt, mit alle annern – mit Omas und Opas, mitn Tierarzt, mitn Melkkutscher, mitn Postbüdel, mitn Besamer, mitn Afdecker, mitn Veehhändler – mit alle worr Plattdütsch palavert. Blots mit uns nich. Dat hett jümmer heten: Wenn de Göörn to School koomt, dann schüllt se orntlich schnacken könen. Un orntlich schnacken, darmit meenen se: Hochdütsch.

Dat weer komisch: Den ganzen Dag hebbt wi blots Plattdütsch höört, un wi kunnen dat ok goot verstahn, aver wenn se uns direkt anschnackt hebbt, denn schnacken se Hochdütsch mit uns, langsam un oberdütlich. As ob wi utländische Uttuschschölers weern. Un wenn wi sölben mol anfungen, Plattdütsch to schnacken, denn keken se uns so böös an, as wenn wi luut rülpst harrn, an Disch. Luut rülpsen, dat dörpten blots Oma un Opa. Denn heet dat: »Na, Oma, hett di dat goot schmeckt?« Wenn wi dat dään, denn kregen wi glieks Mecker oder een op de Füüß. Dat heff ik nie nich verstahn.

Plattdütsch schnacken, mit Erlaubnis, dat dörpte ik erst bi Opa. Plattdütsch is nämlich nich mien Mudderspraak; dat is mien Opaspraak. Bi em heff ik dat lehrt. Un ik glööv, dat weer noch lang, bevör he tütelig in Kopp worrn is. Denn ik weer noch een recht lütten Jung. Un ik weer mit Opa alleen in Omas un Opas Olendeel, in ehre lütte Kaat. Oma weer bestimmt mol eben dröben bi'n Naver oder bi de Naversch, un ik harr groten Janker na Schokolaad. De stünn bi Oma un Opa jümmer boben op Schapp in de Stuuv, in een Porzellanschöttel mit Deckel, glieks neben de Klock, unerreichbar för mi. Dar stünn se un töév op mi, un ik dach an all dat Lekkere, wat darbin weer. Irgendwann harr ik noog vunt Jankern un bün na Opa hingahn.

»Opa, lieber Opa, gibst du mir ein bisschen Schokolade?« He keek mi an: »Wat wist du? Ik kann di nich verstahn. Schnack vernünfti mit mi!« Ik sä mien Satz nochmol: »Opa, lieber Opa, gibst du mir ein bisschen Schokolade?« He keek mi wedder an, jüst so, un he sä jüst so: »Wat wist du? Ik kann di nich verstahn. Schnack vernünfti mit mi!«

Ik weer ratlos. Ob Opa wohl verrückt worrn weer? Oder mit een Mol ganz un gor nich mehr hören kunn?

Ik versöch dat nochmol wedder, un ik heff bölkt, so luut, as ik kunn: »Opa, lieber Opa, gibst du mir ein bisschen Schokolade?« Un Opa bölkt torüch: »Ik heff di hört, aver ik heff di nich verstahn! Schnack vernünfti mit mi!«

Langsam begreep ik, wat los weer. He wull, dat ik Plattdütsch schnacken schull. Un ik versöch dat: »Opa, lieber Opa, giffst du mi een bisschen Schokolade?« He keek mi an, vertreck de Schnuut un sä: »Dat weer al een beten beter. Aver verstahn heff ik di noch immer nich. Versöök dat nochmol wedder.«

»Opa, leeve Opa, giffst du mi een beten Schokolade?« – »Ik heff meist allens verstahn«, sä Opa dar, »Aver ik weet immer noch nich genau, wat du vun mi wist. Aver dat dat mol klor is: Ik segg di nich, wat Schokolaad op Vernünfti heet! Versöök dat liekers noch eenmol, mien Jung.«
Ik müss lachen, den Witz heff sogor ik verstahn. Un ik nehm all mien Konzentration tosamen un ik segg: »Opa, leeve Opa, giffst du mi een beten Schokolaad?«
He höögte sik een un denn stunn he op, güng na dat Schapp hin, böör de Porzellanschöttel rünner un sä: »Komm her, mien Jung, un lang orntlich to. Wenn du so vernünfti mit mi schnackst, denn schallst du ok Schokolaad vun mi kriegen!« Un ik leep hin un hool mi orntlich Schokolaad ut de Schöttel rut. Jungedi, dat weer een hardet Stück Arbeit! Aver lohnt hett sik dat. För Schokolaad lohnt sik meist allens.

Buten melken mit Mudder

As ik een lütten Jung weer, dar hebbt mien Öllern in Sommer noch buten molken. De Gutshof in de Naverschap hett 1972 siene Melkköh afschafft. Mien Öllern hebbt vun dat Depenauer Grönland een grotet Stück pacht, un den fasten Weidemelkstand noch darto. Vun 1972 bit 1976 weern uns Melkköh in Sommer in Depenau. Morgens bleven mien Broder un ik int Huus, bit mien Öllern wedder dar weern; avends bleev mien Broder alleen op den Hof; denn he weer olt noog, un ik keem mit nat Melken.
Dat weer schön. Mien Öllern harrn to doon, un ik harr to spelen. Ik stromer dörch dat Moor, dörch den Birkenwald, machmol barfoot dörch de Kohschiet. Blots vör den Bullen schull ik mi vörsehn, un ik schull jümmer so dicht bi den Melkstand blieven, dat ik dat Ropen vun mien Mudder oder dat Fleuten vun mien Vadder oder dat Tuten vun den Trekker hören kunn, wenn mien Öllern fardig weern un na Huus wullen. Dat weer mien Tohuus dar int Moor. Machmol regen dat, un wi weern ganz un gor natt, machmol weer dat koolt un wi freren un int Huus hebbt wi uns üm den Oben rümsett un Tee mit Zucker drunken, bit wi wedder warm weern. Noch hüüt is dat so: wenn ik Moor seh un Birken, denn föhl ik mi wohl. Dar bün ik upwussen; dar bün ik tohuus; dar warrt mi warm ümt Hart.

Nat Melken föhrn wi jümmer mit den olen Fendt un den lütten, geelen Eenachs-Anhänger, de »Giek«. Op de Giek dörpte ik jümmer mitfohrn, tosamen mit de beiden 200-Liter-Melkkannen. De Melkmaschien worr vun Trecker in Gang sett, un na dat Melken müssen wi gau mit de Melkkannen na Huus, darmit de Melk köhlt warrn kunn. Op den Hänger mitfohrn, dat weer Abenteuer, dat weer Spoß. Besünners eene Stell weer jümmer spektakulär. Kort vör Tohuus, bi den Naver vörbi, dar güng dat steil bargop. Ik seet jümmer op de vörste Kant vun de Giek, un wenn dat denn bargop güng, keemen de groten Kannen int Rutschen un knallen gegen de achterste Klapp vun de Giek. Un ik lach. Dat weer lusti.
Mien Vadder weer darmols al in Gemeinderat un darmit veel ünnerwegens, un af un to harr he op den Acker to doon. Denn müss mien Mudder alleen melken. Eenmol weern Mudder un ik alleen int Moor west, un Mudder harr de achterste Klapp vun de Giek nich richti to mookt. Ik seet as jümmer op de vörste Klapp, un as dat bargop güng, dar rutschen de Kannen gegen de achterste Klapp, de geev na, un de beiden Kannen kippen vun de Giek rünner un lepen ut. Ik müss lachen, dat seeg so lusti ut, de witte Melk op den griesen Weg, un wo sik de Melk den Weg na ünnen söch, toeerst ut de beiden Kannen rut, un denn in een breden Strom.
Mudder heel an, se harr dat Getöse achter ehr hört. Nu steeg se af un se hool de Kannen un stell se wedder op de Giek. Se schimp mit sik sölben, all de Arbeit umsünst, nix verdeent, un den Arger noch darto. Un nich mol een, den se anbölken kunn,

denn se weer ja sölben schuld. Un denn worr se ganz still un fung an to weenen. Dat leep ehr blots so över de Backen. Dat weer dat eerste Mol, dat ik Mudder weenen sehn heff.
Dar heff ik denn ok nich mehr lacht.

In Vadder sien Tasch

In mien Vadder sien Arbeitsmanchesterbüxentasch weern jümmer veer verscheedene Saken. Een Messer, een Nagel, Draht un Band.
Dat wichtigste weer dat Messer. Vadder harr jümmer son richtiget Buernmesser, jümmer wedder an Schliepsteen scharp mookt, de Kling irgendwann so dünn, dat man meist dörchkieken kunn. Mit düt Messer worr allens schneden. Appeln, Fingernagels, Strohband, Schietklumpen an Kohsteert, Koken bit Kaffeedrinken op Feld, wenn Mudder em wat to eten un to drinken to Koppel bröcht harr, un nich toletzt ole, dröge Rindernahgeburt, de sik bit Mistföhren üm dat Streuwark vun Miststreuer wickelt harr.
An sien Messer kennt man een echten Buern vun den falschen Buern, heff ik mol hört. Wenn dat stimmt, bün ik wohl keen echten Buern. Denn ik heff meist twee Messer in de Tasch. Een för de Appeln un een anner för de Nahgeburt. Mien Vadder seggt, ik bün verwöhnt un verweekligt un nich blots keen richtigen Buern, nee, nich mol een richtigen Kerdl. Höchstens een Melkbubi.
De Nagel weer blots machmol in Vadder sien Tasch. Meist harr he den Nagel in Mund un kau darop rüm; denn Vadder bruuk jümmer wat, üm darop rüm to kauen. Oft weer dat een Strohhalm, mach-

mol aver ok een Nagel. De Nagel weer veelsietiger intosetten. Op Stroh kunn man blots rümkauen, mit een Nagel kunn Vadder sik ok de Ohren sauber moken. Un darna kunn he em wedder in Mund steken, denn harr he Geschmack.
Sowiet also dat Messer un de Nagel. Beides weer jümmer in Vadders linke Büxentasch, tosamen mit dat Band. In de rechte Büxentasch harr he jümmer den Draht. Vun Vadder heff ik dat eerste Gedicht in mien Leven lehrt; Vadder is nämlich een groten Fründ vun de Poesie. Ik weet noch, wo he vör mi stünn un mit lude, dütliche Stimm sä:

»Weiß der Bauer keinen Rat,
nimmt er Draht!

Un he lang in de Tasch un trock den Draht rut un wies em dat Publikum, also mi, un sä.

»Hat er den nicht zur Hand,
nimmt er Band!«

Un he lang in de anner Tasch un trock dat Band rut un wies dat. Ik klatschte Bifall, un he verbeugte sik. Düt Gedicht warr ik nie nich vergeten. Denn dat is de Wahrheit.

Wobi dat Band wichtiger is as de Draht. Wat een Buer mit Band allens moken kann! An besten is dat blaue Pressengarn ut Plastik, dat verrott nich un höllt sogor buten in Regen een halve Ewigkeit.
Ik heff Ställe sehn, för Schoop un för Zegen, de weern ut nix anners tosamen bunnen as Paletten un blauet Strohband.
Ik kenn Buern, de gaht nich na den Doktor hin.

Een Buer ut de Naverschapp harr sik mol een Finger broken, dar nehm he sik een Stück Holt un twee Strohbänner un schiente sik den Finger sölben. De weer denn zwar nich ganz grad wedder anwussen, aver de Buer bekeek sik dat, lach un sä, un dat weer dat tweite Gedicht in mien Leven:

»Beten scheef
hett Gott leev!«

Wenn een dörch de Landschapp föhrt, süht man dat överall: Band, Band, Band. Darmit warrt flickt, wat dat Band höllt, egol, wat dat is: De Tuun üm de Koppel, de Frontlader, de Ünnerlenker, de Rasenmeiher, de Melkmaschien, allens. Sogor unsen Ford Transit heff ik mit blauet Band flickt. An een Dag, dar wull de Stotstang rünner fallen, un ik lang in mien Tasch, hool dat Band rut, sä mien Gedicht op un bunn ehr hoch. Un dat höllt! Un kost hett dat gar nix!

Tscha, wenn ik keen richtigen Buern bün, so is mien Auto wenigstens een richtiget Buernauto. Dat blaue Band is de Beweis. Den Draht ut de anner Büxentasch heff ik noch nich bruukt. De is för den Notfall, för lege Tieden. Noch leger as nu.

Oma kiekt fern

Mien Oma harr een poor düchtige Macken. Ik harr Oma leev, aver Macken harr se liekers. Aver ik harr sogor ehr Macken leev.
Eerstens weer Oma sporsam bit an de Grenz. Wenn se mol godet Marzipan kregen harr, denn bewohr se dat so lang op, bit dat so hart weer, dat se darmit Lüüd doot schmieten kunn.
Twetens weer Oma jedet Mol füünsch, wenn man keen Ünnerhemd an harr.
Un drüttens harr Oma een komische Ort, Fernseh to kieken. Darvun will ik nu vertellen. Oma un Opa harrn in de Stuuv een olen Schwatt-Witt-Fernseher, noch ohne Fernbedeenung. Denn stunnen dar een Disch, een lüttet Sofa, een Sessel, een Stohl, een Kakeloben un Oma ehr godet Schapp. Boben op dat Schapp weer Oma ehr Klock. In mien Kinnertied harrn all de Omas düsse Klocken. De weern ut Holt, geschwungen, in de Mitt dat Zifferblatt mit een runden Deckel ut Glas. Düsse Klock bimmelte een Mol to de halve Stünn, un to de vulle Stünn eben so oft, wie de Klock schlogen schull. Wenn de Klock morgens Teihn schloog, güng Oma na dat Schapp hin, trock eene Schuuf op, hool den Schlötel rut, klapp den Klockendeckel weg un trock mit den Schlötel dat Klockwark op, denn dat muss jeden Dag mookt warrn. Un wenn de Klock avends Teihn

schloog, stunn Oma vun ehren Stohl op, güng na den Fernseher hin un stell em ut.
Ganz egol, wat jüst in Fernseher weer: Op de Krimi kort vör de Oplösung stunn, op dat merrn int Ölbenmeterscheten vunt Pokalfinale weer – Oma stunn op un mook den Fernseher ut. Dat weer een iesernet Gesetz: Klock Teihn warrt de Fernseher ut mookt un man geiht to Bett. Opa hett sik dargegen nich oplehnt. »Nütz ja nix!«, sä he denn un trock sik den blauen Pyjama an. Un güng to Bett.
Ik heff darmols, as Kind, oft bi Oma un Opa schlopen, wenn mien Öllern utgahn schullen. Dar heff ik mi freut, denn bi Oma un Opa dörpte ik avends noch fern kieken. Dat dörpte ik to Huus nich. Denn seet ik bi Oma un Opa op dat Sofa, dat geev jümmer godet Marzipan ölleren Datums, een beten hart eben, un keek fern. Oft weern de Krimis ja al viertel för teihn to End; wi kregen alles mit, aver een Tied lang geev dat sünnavends jümmer James Bond, un de weer jümmer länger. Un wenn dat jüst so richti spannend weer un allens explodeer, dar schloog de Klock teihn Mol, Oma stunn op, gung na den Fernseher hin, stell em ut un sä: »Hach ja! Wieder ein Tag rum!« Un de Fernseher weer ut un bleev ut. Ik seet op Sofa un keek op de schwatte Schiev.
Een Mol harr ik Moot un heff töövt, bit Oma un Opa to Bett weern, un denn heff ik ganz liesen den Fernseher wedder anstellt, aver Oma hett dat mitkregen un keem in de Stuuv un mecker un stell den Fernseher wedder ut.
Un ik weer trurig un güng to Bett, in de Gästekoomer. Ik wuss nu nich, ob James Bond de Welt doch noch rett hett. Un de Fernseher möss nu ut blieven,

soveel harr ik verstahn. Aver lesen dörpte ik noch. Ik harr aver nix to lesen mit, un dat eenzige, wat ik mi bi Oma un Opa ankieken kunn, weer de Quelle-Katalog. Denn kunn ik bald in- un utwendig. Aver dat is al wedder een annere Geschicht.

De Quelle-Katalog

As nülichs Quelle pleite gung, dar harr ik een komischet truriget Geföhl in mi, un toeerst wüss ik gor nich, worüm.
Aver denn heff ik nadacht, un denn full mi dat in.
As ik een lütten Jung weer, dar harrn wi int Huus öberhaupt keen Böker. Billerböker al mol gar nich. Dat geev keen Zeitung un keen Illustrierte. Dat geev blots dat Buernblatt, un dat weer schwatt-witt un langwieli. As Kind harr ik meist nix to bekieken. Dat geev ja meist nix, darmols, in de legen Tieden na den Krieg.
Wenn ik denn, wat af un to vörkomen is, mol bi Oma un Opa weer, denn dörpte ik fernkieken, un wenn de Fernseher ut weer, denn kunn ik mi jümmer noch den Quelle-Katalog ankieken. Dat weer mien eenziget Billerbook. Dat harr Oma nämli jümmer int Huus; dat leeg jümmer int Regal ünner den Fernseher.
Wat harr ik doch düssen Katalog leev! Ik seet ja jümmer in uns Huus achter de Autobahn, un wegfohrt sünd mien Öllern ok nich mit mi. De Quelle-Katalog, dat weer mien »Tor zur Welt«! Dar geev dat Speeltüüch un Fohrröd un Kettcars un jede Menge schöne Fruuns in allerlei Kleedaasch, ja, deelwies harrn se blots Ünnertüüch an! Un se weern so schön, dat kunnst di gor nich vörstellen!

Un wenn Oma Klock Teihn den Fernseher ut moken dä un wi mössen all to Bett gahn, denn heff ik mi in mien Bett in de Gästekoomer leggt un mi den Quelle-Katalog ankeken, toletzt jümmer de Sieden mit de Ünnertüüch-Models. Achteran kunn ik jümmer besünners goot schlopen, un wohrschienli heff ik dröömt vun all düsse Models un dat se sik ganz ant End ok dat Ünnertüüch, ok all düsse fleeschfarvenen Riesenschlüppers un beigen Doris-Day-Tütenbüstenhallers noch uttrocken harrn. Un ik bün mi gewiss, ik heff lächelt in Droom.

Un süh, wegen düsse Erinnerungen weer ik richti een beten truri, as Quelle pleite gung. Mit een Mol geev dat nix mehr to bekieken, un nix mehr, üm darvun to drömen. So weer mien Geföhl, un obwohl ik wüss, dat dat Quatsch weer, so kunn ik mi doch nich dargegen wehren.

De Goden-Dag-Oma

Dat eerste, wat ik lehrt heff, as ik anfüng, alleen dörch uns Dörp to fohrn mit Rad, dat weer, dat ik jümmer all de groten Lüüd to grüßen harr. Dat speel keen Rull, wokeen dat weer. All de groten Lüüd muss man grüßen. Dat kunn recht anstrengend ween, wenn se jüst all in ehre Vörgorns weern. Denn güng dat jümmer links rechts links: »Guten Tag! Moin moin! Goden Dag! Hallo Tante Karin! Guten Tag!« Un jümmer so wieder, bit man ganz un gor ut de Pust weer.
Eene ole Oma int Dörp passte jümmer op, ob all de Kinner ok »Goden Dag!« seggen dän. Se seet den leeven langen Dag vör ehre Terrassendöör ünnert Vördack. Se harr jümmer den sülbigen schietich gemusterten Kittel an, de sülbigen gammelfarvigen Perlonstrümp un de sülbigen hellbrunen Manchesterpantüffeln. Se harr een knallich rootbrune Perück op den Kopp, de mit de Johrn in de Sünn jümmer weniger knallich weer, bit se an End blots noch gries weer. So seet se un keek op de Dörpstraat. Se seet dar al morgens viertel vör acht, wenn wi na de School hinlepen, se seet dar, wenn wi ut de School torüch keemen, un den ganzen Nameddag sowieso. Aver se weer nich doot, se schleep ok nich, se weer sogor friewillich dar. Dat heff ik sehn, as ik mol mit mien Mudder bi ehr weer, wiel Mudder ehr jümmer

frische Eier hinbroch. Dar bün ik üm ehrn Sessel rümlopen un heff keken, ob se anbunnen oder an de Keed weer. Weer se nich. Se weer frie. Aver de Kinner kontrollieren, dat weer ehrn eenzigen Levensinhalt. Wenn mol eener nich grüßen dä, vertell se dat glieks int Dörp: »De hett dat wohl nich nödich! De is wull wat Beteres!« Un glieks geev dat Geschnacke int Dörp. Also grüßen wi ehr. Luut: »Guten Tag!« Un ganz liesen, achteran: »Alte Schnepfe!«
Ik weer so dar an gewöhnt, jümmer all de Lüüd »Goden Dag!« to seggen, dat dat vör mi een Kulturschock weer, as ik dat eerste Mol in een grote Stadt weer. Unse Sommergäste harrn mi mit na Berlin nohmen, 1977 in de Sommerferien. Ik weet noch, wo wi dat eerste Mol tosamen dörch den Stadtdeel, dat weer Tegel, lopen sünd. Dar weern veele Lüüd op de Straat ünnerwegens, un ik fung an, alle mit »Goden Dag!« to begrüßen. De keken mi an, as wenn ik vun anneren Steern weer. Un Unkel Heinz, de Berliner Sommergast, sä to mi: »Matti, lass das, das macht man hier nicht! Das gehört sich hier nicht!« Dar wüss ik nu gor nich mehr, wat richti weer. Un ik möss denken an den lütten Prinzen ut dat eene vun de twee Böker, de wi int Hus harrn – dat annere weer de Bibel – de lütte Prinz sä dar in een Kapitel: »Die großen Leute sind entschieden sehr, sehr wunderlich.« Dat kann ik vull un ganz ünnerschrieben. Wat denn nu, grüßen oder nich grüßen?
Torüch in mien Dörp möss ik wedder grüßen. De Goden-Dag-Oma worr öller un öller un klappriger un klappriger, aver se seet dor jümmer noch. Mach-

mol, in de Sommerferien, sä ik wohl dörteihn oder veerteihn Mol »Guten Tag!« to ehr. Morgens, bit Brötchen holen, hin un trüch, vörmeddag, na den Stolper See hin un trüch, nameddag, wedder na den See hin un trüch, na dat Köh fuddern wedder na den See hin un trüch, avends mit de Kumpels, wedder na den See hin un irgendwann ok wedder trüch. Jümmer seet se dar. Bald kunn se gor nich mehr hören, se passte blots op, dat wi ok bit Grüßen nicken oder winken. Toletzt heff ik jümmer blots grüßt un luut ropen: »Hey Baby!« Oder: »Küsschen!« Dat weer ehr egol. Se seet, grüß un lächel sogor. Dat weer dat eerste Johr, dat se lächel. Un ok dat letzte.

Irgendwann bleev ehrn Sessel leddig. De Goden-Dag-Oma weer weg un se keem ok nich wedder. Dar weer ik sogor een beten truri. Noch hüüt, wenn ik an ehrn Platz vörbifohr, will ik an leevsten grüßen, luut grüßen. Aver ik verkniep mi dat. Sünst denkt de Lüüd noch, ik bün verrückt.

Wer is Broder Best?

As ik een Kind weer, dar harr ik jümmer Striet mit mien groten Broder. Ik weet gor nich mehr, worüm dat güng. Aver Striet harrn wi jümmer, in eene Tour. Un dat weer jümmer dat sülbige: Ik güng em düchtig op den Wecker. Irgendwann weer dat sowiet, he heel dat nich mehr ut un zack, kreeg ik een an de Flapp! Ik leep forts na Mudder hin un blarr ehr de Ohren vull. Mudder leep denn na mien Broder hin un geev em Mecker. Un ik höögte mi een. Wat vör mien Broder blots de neegste Grund weer, mi een op de Schnut to kloppen. So güng dat jümmer wieder, jümmer rundherüm, jümmer in Kreis. So weer dat.
Machmol, wenn ik wedder Striet mit mien Broder harr, un ik leep na Mudder to petzen, denn sä se blots: Du büst aver ok nich Broder Best!
Un ik sä denn: Aver Udo, de is ok nich Broder Best! Dat weer een richtigen Schiet: Ik weer nich Broder Best, aver mien Broder weer ok nich Broder Best. Aver wenn wi beide nich Broder Best weern, wer weer denn Broder Best? Miene ganze Kindheit heff ik mi jümmer fraagt: Wer ton Düvel is Broder Best? Aver ik heff keene Antwort kregen. Eenmol, dar weer ik bi mien Fründin Sanne, un se harr Striet mit een vun ehr veer lütte Schwestern. Sanne bölkte ehr lütte Schwester an: »Du bist aver ok nich Broder Best!« Un ehr Schwester quaak torüch: »Du aver

ok nich! Du bist ok nich Broder Best!« Dar weer ik ja nu ganz dörcheenander. Nichmol as Schwester kunn man Broder Best ween. Aver: Wer is denn nu Broder Best?
Jümmer wenn ik ünnerwegens weer, fragte ik de Lüüd: Kennt ji Broder Best? Aver keen een kunn mi hölpen.
Aver letzt Johr, dar dreep ik een Melkbuern ut de Probstei. He sä, sien groten Broder Hans weer Broder Best. He weer jümmer de Best west, in allens de Best. He weer goot un fründlich un gerecht un sportlich un sozial un schlau un allens. Eben Broder Best. Een Mol, bit Versteken spelen op den Heuböön, dar weer Broder Best de Best, as jümmer. Se hebbt em söcht un söcht, aver se hebbt em nich wedder funn. Sietdem is Broder Best weg.
Toeerst weern se een beten truri west, wiel se Broder Best verloorn harrn. Aver na een paar Daag weer allens goot. Allens weer veel beter ohne Broder Best. Se müssen keen schlecht Geweeten mehr hebben, un dar weer keen Klookschieter mehr in de Familie, de jümmer noch een beten beter weer un allens een beten beter wüss. Eerst ohne Broder Best sünd se all glückli worrn. De Buer sä to mi: »De Daag, an den Broder Best verschütt gahn is, weer de beste Daag in mien Leven!«
Ja, so is dat mit Broder Best. De arme Kerdl sitt wohrschienlich jümmer noch in sien dootsekeres Versteek un freut sik, dat keener em finnen deit. He hett wunnen, he is de Best. Un wat hett he darvun? Gor nix. He is alleen, un all freut sik, dat he weg is.
Mann, wat bün ik froh, dat ik nich Broder Best bün!

Schpringer Urvadder un Praline(n)

As ik noch een recht lütten Jung weer, villich söss, sölben oder acht Johr olt, dar stunn dar, wo hüüt unse Maschinenhalle steiht, een olet Arbeiterhuus mit twee Mietparteien. Dat Huus harr zwar Strom, aver keen Water un keen Afwater. Water holten sik de Mieters emmerwies ut unsen Schwienstall, un dat Afwater kippten se in den lütten Diek achter unsen Maschinenschuppen. Dat weer de wahrschienli dreckigste Diek vun de Welt; de stünk so unglaubli – de Poggen, de dar leevten, weern bestimmt Mutationen, de Gift in Leven ümwandeln kunnen.

Op de eene Siet vun dat Arbeiterhuus wohnte dat ole Ehepaar Kuchert. De keemen ut Ostpreußen un ik glööv, dat se recht unglückli weern, villich, weil se ehre Heimat verloren harrn. Jedenfalls weern se jümmer böös. Opa Kuchert schimpte mit Oma Kuchert, Oma Kuchert schimpte mit Opa Kuchert, un beide schimpten jümmer mit uns Kinners. Bit Water holen schimpte Oma Kuchert mit den Wateremmer un mit unse Schwien, un bit Unkrut hacken schimpte Opa Kuchert mit dat Unkrut un mit sien Unkruthacker, un wenn he alleen op de Bank för dat Huus seet, denn schimpte Opa Kuchert mit de Bank, mit sien Zigarr un mit sik sölben. Wi Kinner harrn düchti Angst vör em. Vör sien Fru ok, blots een beten weniger.

Op de anner Siet vunt Huus wohnte Familie Pöllmer. Herr Pöllmer weer Gelegenheitsarbeiter un Gelegenheitssüper. Familie Pöllmer harr een Hupen Kinner – ik weet nich genau, wo veele – aver bi de int Huus weer jümmer wat los.
De jüngste Pöllmerdeern heet Sanne un weer twee Johr jünger as ik. Se weer miene Fründin. Sanne weer an düssen Sünndag, vun den ik nu vertellen will, fief Johr olt. Ik weer sölben. Dat weer Vörmeddag, un ik weer dröben bi Sanne to spelen, dar keem Herr Pöllmer ut de Stuuv, hool een verknitterten Teihnmarkschien ut de Büx, geef em Sanne un sä: »Hier, hol mal Schpringer Urvadder un Praline!«
Sanne un ik lepen glieks los, Richtung Stuvenladen. De Schlachter un Stender harrn nich op, dar müssen wi glieks na den Stuvenladen hin, de vör den Notfall – un dat weer wohl een Notfall – allens op Lager harr, wat man wirkli bruken dä. Blots: Wat wull Onkel Pöllmer mit Pralinen? Sünst müssen wi jümmer Schnaps un Zigaretten holen, aver Pralinen? Wull he sik villich bi sien Fru inschliemen? Oder wat harr he vör?
In de söbentiger Johren weer dat – nebenbi geseggt – normal, dat du as Kind Erwassenenartikel kopen kunnst. Dar hett sik keene Söög üm scheert. All Kinner in mien Öller moken Besorgungen för ehre Öllern, meist weern dat Zigaretten, aver een Fründ vun mi worr vun sien Vadder sogor regelmässi mit twee Melkkannen in de Kneipe schickt, üm em frischet Beer vunt Fatt to holen. Dar worr nich mol skeptisch keken. Dar worr inschenkt, man nehm dat Geld ut de lütten Hannen, un denn weer man

dormit dörch. Geschäft weer Geschäft, egol, ob jung, ob olt.
So güngen Sanne un ik also na Oma Krause ehren Stuvenladen, un ik sä, weil ik öller weer: »Hallo, Oma Krause, einmal Schpringer Urvadder und einmal Pralinen für Herrn Pöllmer!« Un ik lang dat Geld över de Theke. Nu geev dat aver verschedene Pralinen bi Oma Krause. Aver se kennte den olen Pöllmer un geef uns Wienbrandbohnen ut Schokolaad mit. So keemen Sanne un ik een beten later Hand in Hand wedder bi Pöllmer an, un Herrn Pöllmer sien Ogen lüchen in grote Vörfreud. Aver denn seeg he de Schachtel Pralinen, un he worr vergretzt. Denn he wull natürli keen Pralinen, nee, he wull Praline, dat weer een buntet Blatt mit nackte Fruuns un frivole Geschichten. Un he nehm de Buddel Schpringer Urvadder un jaag uns mit de Wienbrandbohnen wedder rut. Wi müssen noch mol wedder na Oma Krause hin. Ton Glück hett se de Pralinen gegen de Praline tuscht, un as wi wedder bi Pöllmer ankeemen, mook he de Stuvendöör op, nehm sik de Praline, güng wedder in de Stuuv, mook de Döör to un schleut af. He harr dat ielich, he hett nich mol Danke seggt.
Süh, so weer dat mit den olen Pöllmer. He leet sik vun uns Kinner den Schnaps un den Porno bringen, un denn hett he sik in de Stuuv een rünnerhoolt. Un Sanne un ik, wi spelten in de Köök un wussen dar nix vun. Wi harrn keene Ahnung.

Onkel Hanner

Onkel Hanner weer keen richtigen Onkel vun mi. He weer de Mann vun eene Cousine vun mien Opa. Mit düsse Cousine weer mien Opa aver tosamen opwussen; denn as mien Uropa doot bleev, hett mien Uroma Uropas Broder heiraat; denn den siene Fru weer tofälli ok jüst doot bleven. So hebbt se de Familien tosamen schmeten, un Tante Miete, Onkel Hanner sien Fru, weer eene vun dree Maries in düsse Familie.

As ik so dörteihn, veerteihn Johr olt weer, dar sä mien Mudder to mi: »Fohr doch Onkel Hanner mol besöken. De is jümmer so alleen un hett keen to schnacken.«

Dat stimmte gor nich; Onkel Hanner weer nich alleen. He leevte mit Tante Miete in de annere Huushälfte as sien Söhn un den siene Fru. As ik em dat eerste Mol besöcht heff, weer he al wiet över achtig un böös schworhörig. Un Tante Miete weer tüterig. Se seet in Sessel ant Fenster, keek de ganze Tied liekut un reet Zeitung twei. Jümmer eerst längs, denn quer, bit allens in lütte Schnipsel weer. Un se nehm de neegste Zeitung. Se harr grote Utduer; se harr in jedet Büro as Aktenvernichter arbeiten kunnt. Ik keem rin, un Onkel Hanner güng na Tante Miete hin, stööt ehr sachte an un schreeg ehr int Ohr: »Kiek mol, Mudder, wi hebbt Besöök!

Dat is Matthias, de Söhn vun Hannes sien Söhn Hannes un sien Fru Thea!« Tante Miete keek wieder liekut un nehm sik de neegste Zeitung.
Ik dörpte mi setten, un Onkel Hanner leep un hool mi Brause, witte Brause. Denn froog he, wat de School moken dä un wat op unsen Hof los weer, ob wi al Heu mookt un ob wi al Mist fohrt harrn. Ik anter, un dat weer nich licht, so luut to schnacken, dat Onkel Hanner dat verstahn kunn. Twüschendörch sä he jümmer wat vun: »Wat wistu moken? Kannst nix moken! Du warrst groot, dien Öllern warrt olt, un wi blievt bald doot! So is dat nu mol!« Un he zuckt mit de Schullern. Irgendwann muss ik los, ik harr noch Footballtraining, un he broch mi to de Dööр, sä: »Kumm bald mol wedder!« un drück mi teihn Mark in de Hand.
Eerst wull ik dat nich hebben, aver bruken kunn ik dat goot, ik muss mi noch de niege Blondie-Platte kopen, un ik nehm dat Geld. Ik heff mi aver schlecht föhlt, son olen Mann ut to nehmen, obwohl he mi dat Geld ja sölben, vun sik ut, geven wull.
Aver denn heff ik nadacht, un ik funn dat okay. He weer een eensamen olen Mann mit een beten Geld, de sik mit sien Fru nix mehr vertellen kunn, un ik weer een Jung mit to veel Tiet, de af un to twintig Mark för ne Langspeelplatte bruken kunn. Dat weer een fairen Handel. Ik weer sone Art nebenberuflicher Gesellschafter. Onkel Hanner freute sik, wenn ik keem, un ik freute mi, wenn ik wedder teihn Mark in de Tasch harr.
Ik heff em noch oft besöcht. Bald bleev Tante Miete doot, un Onkel Hanner ween un sä to mi: »Süh, wat

heff ik di seggt: Du warrst groot, dien Öllern warrt olt, un wi blievt doot! Tante Miete weer tüterig, ja, aver se weer bi mi! Un nu is se weg! Se is al los, un ik bün de neegste! Aver wat wistu moken? Kannst nix moken!« Tante Miete ehren fleckigen Sessel stünn dar noch, darneben de Korv mit de Zeitungen, de kaputt to rieten se nich mehr schafft hett.
Dat duer nich lang, dar bleev ok Onkel Hanner doot. Ik weet noch, wo ik mi wunnert heff, eerst weer he noch dar, wi hebbt noch tosamen schnackt, un nu weer he doot, wo kunn dat angahn, ik weer ok truri, aver ik heff verstahn, dat dat nu mol so is. Wat wistu moken? Kannst nix moken!

Ik müss mi een annere Innahmequelle söken. So heff ik anfungen, bi mien Vadder Kalberboxen ut to misten. Vörher weer ik Gesellschafter, un nu weer ik Mister. Dat nenn ik mol glanzvolle Karriere!

Paris

Eerst een Mol in mien Leven bün ik in Frankreich west, för een eenzigen Dag, in Nancy. In Paris bün ik noch nie nich west, obwohl ik in de School sölben Johr lang Französisch harr, un in de mersten Tüügnisse eene Een. Aver för den Französisch-Ut-tuusch an unse School weer ik darmols to schüchtern, un irgendwie hett dat nie nich passt. Aver eene Fohrt na Paris, tosamen mit Birte, is een vun miene veelen Drööm, de noch wahr warrn mööt. Dat dat so is, liggt an mien olen, lang al doden Französisch-Lehrer Herrn Schmok.

Herr Schmok – wi Schölers hebbt Max-Otto seggt, wenn wi över em schnacken – weer Lehrer ut Leidenschap. In sien ganze Tied an de School weer he nich een Mol krank. Jümmer weer he dar, in sienen griesen Polyester-Anzug, wittet Hemd, de Schlips steek vör in Büxenbund, de griesen Hoor streng na achtern kämmt un mit Pomade fast backt. Man müss em al richti in Gang hebben, darmit em mol eene Strähn in de Stirn hung. Wi harrn Lüüd in de Klass, de schaffen dat. De gung Französisch nämli quer an Mors vörbi.

Ik harr Max-Otto veer Johr lang in Französisch. Sölbente, achte, neegte un teihnte Klass. Jümmer weer ik een goden Schöler, un in de teihnte Klass weer ik in Gefahr, as Streber afstempelt to warrn.

Sölben Arbeiten in Franz harrn wi al schreven, un ik harr sölben Mol »Sehr gut«. Wi stünnen op den Schoolhof, un eener sä: »Einmal möchte ich das erleben, dass der Bauer ne Sechs in Franz schreibt!« Un ik anter: »Fürn Kasten Bier mach ich das!« So geev een Wort dat annere, un as de letzte Französisch-Arbeit anstünn, över den lütten Prinzen vun Antoine de Saint-Exupery, dar heff ik mi hinsett un de Arbeit op Dütsch schreben. Mi weer wat mulmi darbi, schließli weer ik een ruhigen, flietigen Schöler, aver ik heff dat mookt.
An neegsten Dag, morgens, vör de eerste Stünn, keem Herr Schmok in de Klass un hool mi rut un nehm mi mit na't Lehrerzimmer. He sett sik daal mit mi un fragte, wat dat schull, ob dat Kritik an em weer, ob ik untofreden weer, un ik anter: »Mit dem Rest der Jungs hab ich gewettet, dass ich in Franz ne Sechs schreiben kann. Es geht um eine Kiste Bier!« He keek verständnislos, aver rund üm de Ogen grien he, un denn hett he mi överreed, de Arbeit na to schrieben, int Lehrerzimmer, op Französisch. Dat heff ik denn ok doon, aver ünner de Arbeit heff ik schreben, dat dat üm de Ehre geiht un dat ik em bitten dä, de eerste Arbeit to werten. Dat hett he denn ok doon, he weer wull ok mol jung, un ünner mienen lütten Breev hett he schreben: »Je sais que tu sais!« Un eene schöne Söss. Ik kreeg den Kasten Beer, den wi mit de ganze Klass tosamen op den Schoolsteg in den Lütten Plöner See utdrunken hebbt. Vun de, de darbi weern, hett dat keener vergeten, un bi jedet Johrgangsdrepen warr ik darop anschnackt.
So harrn Max-Otto un ik ok een besünnere Ge-

schicht miteenanner, as ik em wedder dreep, rund achtteihn Johr na düssen Kasten Beer, in Plön, in de Footgängerzone. »Salut Mathieu!«, begrüßte he mi mit mien olen Nomen ut den Französisch-Ünnerricht. He weer intwüschen Pensionär un vertell, dat sien Fru em nu jümmer vörmeddags to Inköpen schicken dä, weil se em nich den ganzen Dag bi sik rüm hebben wull. Johrteihnte weer he vörmeddags weg west, dar wull se sik nu nich umgewöhnen. He fragte, wat ik mook, un ik vertell, dat ik Buer weer. »Und,« fragte he, »ernährt das seinen Herrn?« – »Geht so«, anter ik, un he fragte: »Könnt Ihr in Urlaub fahren? Wart Ihr schon in Paris?« – »Ja,« anter ik, »und nee, in Paris waren wir noch nicht.« Un he sä: »Mathieu, wenn die Kinder groß genug sind, fahren Sie mit Ihrer Frau nach Paris, ohne Kinder, nur als Paar! Die Stadt der Liebenden! Sie werden es nicht bereuen!« Un dar, op den Marktplatz in Plön, wo he inköpen muss, üm nich tohuus to ween, muss ik em verspreken, mit miene Birte na Paris to fohren, blots wi twee. Ik heff dat gern versproken, aver inlöst heff ik dat bit hüüt nich. Vergeten aver ok nich.
As wi uns de Hannen geven, fragte he ganz ton Schluss: »Hat das Bier auf dem Steg damals eigentlich geschmeckt?« – »Ja,« anter ik, »ganz ausgezeichnet. Das beste Bier meines Lebens.« Ton Afscheed sä he: »Adieu, Mathieu! Machen Sie es gut!«
Dat weer dat letzte Mol, dat ik em sehn heff. Dat duert nich lang, un he bleev doot. Aver ik denk noch öfter an em. Ik heff em wat versproken, un dat mutt ik noch inlösen. Ik freu mi al ganz dull, op Birte in Paris.

Skifohrt

As ik in Plön to School güng, geev dat eene Klassenfohrt in de teihnte Klass, op de sik all de Schölers freuen dään: de Skifohrt na Österreich.
Wi weern darmols, 1984, in Kirchberg in Tirol op een Buernhoff. De Buer harr een Stall vull mit rotbunte Köh un een Stall vull mit Schölers. Eens kann ik seggen: De Kohstall weer schöner. Un dat Fudder för de Köh weer ok better as dat för uns. Dat Heu, dat de Köh kregen: wat hett dat duftet – so würzich, so sööt, so na Sommer. Uns Kohlgemüs stünk dargegen as miene Fööt na een Dag in Skistebeln. Egol: Wi harrn Hunger, un wi eeten, wat op den Disch keem. Wi weern nich krüsch.
An drüttletzten Dag heff ik mi bit Skifohrn dat Been verdreiht. Dar keem een Rettungsschleden mit twee waghalsige Sanitäter un fohr mi to Taal, so rasant, dat mi jümmer de Schnee int Gesicht weiht is. Dat weer een Spoß! Aver denn müss ik int Krankenhuus. Ik kreeg een Gipsbeen un müss de letzten twee Daag bit na de Heimreis int Huus blieven. Ik seet, in een Deck inschlagen op den Balkon in Sünnenschien un kuschel mit de Katt, de vörher in Kohstall west weer. Ik funn dat erstaunlich un wunnerbor, dat de Köh un de Mist un de Jauche jüst genau so stinken dään as tohuus. Ok in Österreich sünd Köh blots Köh, Katten blots Katten un Mist

blots Mist. Mi keem dat vör as een höhere Erkenntnis.
Ik bün in mien Leven nich wedder Skifohren west. Miene Knoken kunnen dat nich af, un noch ne Skifohrt geev dat in de Schooltiet nich. Egol. Ik heff bald heirat, un miene Leevste un ik hebbt Kinner kregen. Fief Stück, un de dree Öllsten sünd in de Twüschentiet op miene ole School. Dat is een komischet Geföhl, wenn man nu, sölbst as Öllern, süht, wo de olen Schoolmesters langsam, aver seker tüterig warrt. Dat is nich jümmer eenfach.
Veeles hett sik ännert an de School, aver veeles is gliek bleven. Se fohrt jümmer noch op Skifohrt. Jümmer noch is dat een Höhepunkt för de Schölers.
As unse öllste Dochter Marie vun ehre Skifohrt wedder keem, sä se int Auto to mi: »Papa, das war geil, ey, Alter, dafür lohnt es sich, backen zu bleiben!« Marie mookt nich veele Wöör. Een Mann, een Wort. Un se bleev backen un fohr noch mol op Skifohrt. För ehren Spruch hebbt wi ehr dat Halve vun de Kosten afverlangt. Dat weer ehr dat wert.
In düssen Winter weern nu unse Twillinge Nora un Peer mit de Skifohrt an de Tour. Se weern ganz begeistert, as se wedder keemen. Een poor Daag later geev dat Tüügnisse, un in beide Giftbläder stünn wat vun wegen »Versetzung gefährdet«. Dat is nich uttoschluten, dat de beiden ok jeder tweemol op Skifohrt föhrt. Ohne lustige Ankündigung. Dat is düer, dat hebbt se vun ehr Schwester lehrt.
Wat schall ik seggen: Ik glööv, mien Kinner sünd schlauer as ik. Se denkt strategisch, un se weet, wo se Ziele erreichen köönt. Tweemol Skifohrt, darop kümmt dat an. Ik fang al mol an to sporen.

Schweden

Dar bün ik nich anners as annere Dütsche: Schweden is mien Sehnsuchtsland. Ton eersten Mol weer ik in Sommer 1987 dar, mit miene eerste grote Liebe Uta. Eene Woch harrn wi uns bi een Cousine vun mien Mudder un ehren Mann inquartiert – de weern in de sösstiger Johren vun Berlin na Fritsla bi Borås utwannert – un dat weer seltsam un spannend un wunnerschön. Uta güng noch to School; ik harr jüst Abi mookt; wi harrn keen Geld. Ik harr mi den Golf vun miene Öllern utlehnt, un wi hebbt de Nachtfähre von Grenaa na Varberg nohmen, de weer de billigste. Merrn in de Nacht keemen wi in Schweden an. Dat weer nich richti düster, blots so half, un ik fohr dörch de zwielichtige Halfdüsternis, dörch een unbekanntet Land. Liesen leep de Cassettenspeler; Uta schleep neben mi un ik weer glückli. Ik harr noch stünnenlang so wieder fohren kunnt dörch düsse eensame Fototapete vun Landschapp, aver wi weern al bald dar. An fröhen Morgen keemen wi vör dat witte Holthus vun Tante Alice un Onkel Herbert an, un wi schlepen uns eerstmol ut. Wi harrn wunnerbare Daag tosamen. Liekers weer dat mit uns bald to End.

As ik dat neegste Mol na Schweden keem, weer ik al verheirat. Dat weer in Juli 1992. In August darvör harrn Birte un ik uns Hochtied. Un al an den Avend

hebbt veele Lüüd uns fraagt: »Na, mööt ji heiraden? Oder worüm mookt ji dat so fröh?« Birte weer 21; ik weer 23. Dat mööt se doch ni moken, hüüttodags, seggen de Lüüd, hüüt kann man sik doch eerstmol utprobeeren un mutt nich glieks heiraden. Dat kann man doch ok later noch moken, aver wenn se unbedingt wüllt, schüllt se doch. Aver lang holen warrt dat bestimmt nich. So schnacken se, de Moralapostel, aver de harr ik al lang nix mehr glöövt. Al as ik negen oder teihn Johr olt weer, kunn ik nix ernst nehmen, wat se seggen. De wullen mi vertellen, wo ik mi to benehmen harr un wat sik gehören dä un wat nich? Darbi harrn se al Sex hatt, denn se harrn al Kinner. Un Sex weer also orntlichet Benehmen oder wat? Jümmer, wenn Tante Friedel mit mi schimpt hett, dach ik bi mi: »Halt die Fresse, alte Schachtel! Schließlich hast du mit Onkel Harry gefickt, und zwar mindestens vier Mal, oder warum habt ihr so viele Gören, hä?«
As Birte un ik na Schweden fohrt sünd, dar weer uns Hochtied al ölben Monat her, un Birte harr jümmer noch nix geboren. Dar fungen de Lüüd an to reken. As in Juni 1993 unse eerste Deern Marie geboren worr – meist 23 Monat na de Hochtied – dar seggen se: »Dat weer överfälli! Wat is de Fru lang schwanger west! Na logisch, een Deern! De hett sik in Buuk noch putzen möst!«
Een Johr vörher wullen Birte un ik na Schweden, in dat Huus vun Tante Ali un Onkel Herbert. De beiden weern sölben op Reisen, un wi harrn dat Huus för uns alleen, wat uns recht weer. Darmols harrn wi al een Köter un een paar Schaap, un eene Fründin vun uns wull uns Huus un de Tieren ver-

sorgen. Se bruuk aver een Auto un se harr keen, also leten wi ehr mien olen Golf dar un wullen mit Birte ehren noch veel veelölleren Käfer na Schweden fohren. De harr aver keen TÜV mehr, un de weer nich in den besten Tostand. Aver wi dachen, dat geiht al. Birte hett sik extra een kotten Rock antrocken un is na Eckerförde na'n TÜV fohrt; dar hett dat heten, man kümmt lichter röver as in Rendsborg. De TÜV-Onkel sä: »Das geht nicht. Das Ding leg ich still!« Aver Birte hett jammert un bettelt, keen Geld, noch Studenten, Oma is krank, un wi bruukt dat Auto för den Urlaub in Schweden. »Schweden?«, reep de TÜV-Onkel: »Mit dem Auto würd ich nicht mal nach Rendsburg fahren!« Aver denn hett he sik vun Birte verspreken laten, dat se den Käfer nich verköfft, sünnern blots sölben fohrt, un hett em eene Plakette kleevt. Dar hebbt Birte un ik uns bannig över freut.
So packen wi also uns Saken in den lütten geelen Käfer un fohren na Schweden. Nachtfähre, üm Geld to sparen. Op de Autobahn dörch Jütland harr de Käfer een paar Fehlzündungen; dat knall düchtig, aver he hett dörchholen. Wi keemen wedder merrn in de Nacht in Schweden an; dat weer nich düster; Birte schleep, un ik fohr un weer glückli. Dat weer so een beten as Na-Huus-Komen, düsse düsteren Straten, de Wald, de blanken Seen int Mondlicht. Sogor de Ümgehungsstraten un de Gewerbegebiete funn ik in Schweden schön, so froh weer ik, wedder dar to ween. Ünnerwegens in een wunnerschönet Land un de Fru vun mien Leven an miene Siet – wat bruuk ik mehr?

In Fritsla schleep ik denn mit Birte in dat Zimmer, wo ik fief Johr vörher mit Uta schlopen harr; dat weer dat Jugendzimmer vun Alice un Herbert ehr Dochter Gudrun; de olen Poster vun Johnny Rotten, de Sex Pistols un de Clash weern noch an de Wand. Ik bün mit Birte an all de olen Plätze west, de ik vun fröher kennen dä, un machmol heff ik mi wunnert, dat se noch dar weern. Dat funn ik al jümmer wunnerbar un gliektiedi markwürdi, dat de Plätze un Orte un Steden, de mi wat bedüüt, ok jümmer noch dar sünd, ok wenn ik johrelang nich bi ehr west bün. Also fohr ik vun Tied to Tied noch mol hin, blots üm na to kieken, ob dat all ok stimmt, wo ik mi op besinnen kann. Wat schall ik seggen: Merstens finn ik de Steden, wenn se nich jüst een Straat daröver weg buut hebbt.
So weer dat mit Birte un mi un Schweden. Dar, in Gudrun ehr Jugendzimmer, ünner de Ogen vun Johnny Rotten, hebbt Birte un ik dat eerste Mol miteenanner schlopen, ohne to verhüten. Unse eerste Dochter wullen wi eegentli Fritsla nennen, so as dat Dörp in Schweden, wo wi weern, aver dar is denn doch eene Marie ut worrn, twölf Monat later. Se hett sik noch putzen möst.

Nacktbaden

As jungen Kerdl bün ik richti gern Nacktbaden west. Den ganzen Sommer lang, egol, wo koolt dat weer, un wenn mien Schaamhoor ok länger weer as dat, wo dat bi rümwussen weer – dat hett mi nich stört. De Hauptsaak weer, dat bit Schwimmen allens frie schwingen kunn, dat dat koole Water överall hin keem. Ik leet mi de Hoor un een Vullbart stahn un weer stylingmäßig opn Weg na Waldschrathausen.

Meist weer ik alleen an de Seen, aver machmol harr ik ok Begleitung, oft Deerns, de jüst soveel Hoor harrn as ik. As de Open sehn wi ut, wenig Huut un veel, veel Hoor. Liekers harr dat ok jümmer son beten Erotik. Funn ik. Obwohl dar nie nich wat leep. Ik weer to hässlich, to schüchtern un to vull mit Hoor.

Eenmol, ik weer jüst in de Landwirtsutbildung, dar weern wi mit de Berufsschoolklass op Exkursion to een besünneren Buernhof west. Ik harr in mien olen Golf een paar Mitschölers mitnohmen, de harr ik al to Huus aflaadt. Toletzt weern blots noch Kordula un ik int Auto. Kordula hees zwar Kordula, aver keener segg dat to ehr, denn se hees Kordula Magens, un alle Welt segg blots Koma to ehr.

Koma weer een Buerndochter ut een lüttet Vördörp vun Lüttenborg; se keem ut densölben Ort as Rocko Schamoni, as he noch Roddy Dangerblood hees. Se harr Fleischeriefachverköperin lehrt un denn noch Landwirtschapp. Se weer groot un stabil, aver nich fett. Keen Elfe, aver ok keen Elefant. Se harr een sötet, frechet Lachen, aver een unglaublich schlimme Duerwell, kotte Hoor un bobenop Locken, för düsse Frisur muss man den Frisör hüüt noch meucheln, dat weer de Gipfel vun all den schlechten Geschmack ut de achtiger Johren. Nu seet se bi mi int Auto, wi föhren an Selenter See vörbi, de tweetgröttste in Schleswig-Holstein, un ik wuss dar twüschen Fargau un Pratjau een wunnerschöne Badestell merrn in Wald, mit Birken, Eeken un Mücken, allens, wat de Waldschrat bruukt.

Ik froog Koma, ob se mit mi baden wull. Se harr keen Badeanzug mit, anter se. Ik ok nich, sä ik, aver Handdöker harr ik jümmer int Auto un se kunn een af hebben. Un se froog mi: »Was, du willst nackt baden?« Un ik anter: »Wie denn sonst?« Se lach ehr frechet Lachen un sä: »Das hab ich noch nie gemacht!« Ik reep: »Dann wird das höchste Zeit! Wie alt bist du?!« – »Zwanzig!« – »Und du hast noch nie nackt gebadet?« – »Nee. Muss man das denn?« – »Klar Mann!« Un ik boog af, in den Wald rin.

Bald weern wi dar. Ik trock mi ut un leep vörut, nee, wo wunnerbor dat weer. »Komm rein!«, reep ik ehr to, un denn harr se ehr Klamotten wegschmeten un leep int Water. Se jump rin un schwimm na mi hin. Nu, as ehr Hoor natt weern un de Duerwell weg, da kreeg ik eerst mit, wo wunnerhübsch se weer. Un, as se eenmol opstünn, dar kunn ik sehn, dat se de söötste Bost harr, de ik bit darhin je to sehen kregen harr. Nich etwa, dat ik dar bewusst hinkeken heff, nee, dat full mi man blots tofällig op.

Achteran geef ik ehr een Handdook, un se sä, dat Nacktbaden ja een schönet Geföhl weer un dat se sik freut, dat se dat nu ok mol mookt harr, un ik höör ehr to un keek ehr an un hoffte, dat ehr Hoor jümmer natt un ohne Duerwell blieven worrn, aver de eersten Locken keemen al wedder.
Hüüt leevt se in Bayern. Wo se darhin komen is, weet ik nich. Aver wo wi tosamen baden west sünd, dat warr ik nie nich vergeten.

Höla-Party

Dat eerste Mol, dat ik vun de Höla-Party hӧört heff, is knapp söbenteihn Johr her. Natürli wuss ik, wat de Höla weer – de Höhere Landbuschool – aver dat dat een Höla-Party geev, dat wuss ik nich.

Darmols, vör söbenteihn Johren, weer unse eerste Dochter Marie noch ganz frisch. Dat weer een Friedagvörmeddag, un ik weer mit ehr in Kinnerwagen in de Naverschapp ünnerwegens. Wi keemen bi unsen Naverbuern vörbi. De heet Hömm, eegentli Hermann, aver alle seggen Hömm to em, dat weer kötter. Hömm weer jüst so olt as ik un harr in düsse Tiet jüst de Höla in Rendsburg afsolveert. Nu güng ik mit Marie tosamen unsen Weg lang, un Hömm weer ant Siloschnieden. He stunn mit'n Trecker an Silohupen. De Trecker wackel in Hydrauliktakt vun Siloschnieder, un Hömm leeg över dat Lenkrad vun Trecker un wackel jüst so, in Hydrauliktakt vun Siloschnieder. Ik kreeg een Schreck; ik dach, Hömm weer doot. Ik leet den Kinnerwagen stahn un bün na Hömm hinlopen. Ik reet de Treckerdöör op; de Luft ut den Trecker schlöög mi entgegen, un mit eenmol weer ik besopen. Ik bün mi seker, dat Gasgemisch ut den Trekker – Alkohol, Silo, Schweiß un Kohstall – harr man afbrennen kunnt. »Hömm!«, reep ik un schüttel em, »Hömm! Wat is los? Alles in Ordnung?«

Hömm gnurr un mook de dichtquollen Ogen op. He harr schlopen, un he weer besopen, sünst nix. He keek mi mit möde Ogen an, un denn sä he: »Gessern war Höla-Party in Legan!« Un he legg den Kopp wedder daal un schleep wieder. Ik torkel trüch na den Kinnerwagen un dreih mien Runn. As ik trüch keem, stünn de Trecker dar jümmer noch un wackel, un Hömm wackel mit un schleep.

So heff ik vun de Existenz vun de Höla-Party to weten kregen. Een paar Johr later weer ik sölben in de Höla in Rendsburg, un nu worr mi eerst klor, wat genau dat weer. Alle veer Wochen, Dunnersdag Avend, för de jungen Buern is dat egol, de mööt neegsten Dag sowieso opstahn, all veer Wochen, Dunnersdag Avend weer Höla-Party in de Margarethenmöhl in Legan. Veranstalter is de jeweilige Höla-Klass, nimmt den Intritt, betahlt darvun de Musik, un wat över blifft, geiht in de Klassenkass. De Kröger is tofreden mit dat, wat he ümsetten deit, un de Höla-Klassenkass is ant End vun Johr so vull, dat man een schöne Klassenfohrt darvun moken kann. Oder ok twee.

Sowiet de nüchternen Fakten. Dat is aver ok dat eenzige, wat rund üm de Höla-Party nüchtern is. Harr ik dat nich mit eegene Ogen sehn: Ik harr nich för mögli holen, dat dat sowat gifft. Un ik tööv darop, dat mol een Soziologiestudent sien Afschlussarbeit över de Höla-Party schrieven deit. Denn de Höla-Party is een eegenständige soziale Levensform.

De Margarethenmöhl so vull, dat kann sik keener vörstellen. Man keem gor nich richti rin. Een groten Saal vull mit junge, ländliche Bevölkerung. Jungs un

Deerns, un denn geiht dat af. Angebli koomt de meisten Paare in den ländlichen Ruum rund üm Rendsburg op de Höla-Party tosamen; denn dar is dat so eng, dat een Deern, wenn de wogende Menge ehr to een Kerdl hinspöölt hett, un de beiden staht sik gegenöver, denn köönt se nich mehr weg. Also köönt se jüst so goot ok tosamen blieven. »Nützt ja nix!«, seggt se denn, un zack! sünd se een Paar. De Musik is darbi tweetrangig. Is sowieso keen Platz to danzen.

Op de Höla-Party in de Margarethenmöhl kannst du ok wat eten, aver blots Pommes un Currywuss un blots in de Köök, denn woanners is keen Platz to sitten. Un to drinken gifft dat angeblich ok wat ohne Alkohol, aver doch meist Beer un Mischungen, de in Liter-Karaffen utschenkt warrt. Dar gifft dat denn een Glas darto, un wenn beides lerdig is, warrt dat wegschmetten un vun den Menge twei pedd. Dezimeterhoch is de Footböön achteran vull mit Glasscherben.

Jümmer wedder heff ik mi fragt, wo se dat wohl wedder sauber kriegt. Aver se kriegt dat sauber; ik heff dat mit eegene Ogen sehn. Irgendwann harr ik mol een Leseoptritt in de Margarethenmöhl, dat weer int Hellen, an Nameddag, ik glööv, dat weer bi de Jahreshauptversammlung vunt Rotkrüütz. Un de Saal weer schier, sauber, mit Vörhänge an de Fenstern un allens, richti gemütli, as een ganz normalen Saal in een ganz normalen Gasthof in een ganz normalet Dörp. Wahrschienli hebbt se för de Höla-Party jümmer eene grote transparente Innenhülle, de in den Saal hangt as een groten Müllsack, un wenn de Party to end is, kümmt een groten

Kran, nimmt dat Dack af, de Müllsack warrt boben to bunnen, mit den Kran opn Laster sett, de denn glieks na de Deponie hin, un weg is de Schiet. Dack wedder ropp, un sauber un glatt un schier is de Saal. So tominst stell ik mi dat vör.
Legan, wo de Margarethenmöhl is, is keen ganz gewöhnlichet Dörp. Legan liggt an de Bundesstraat twüschen Rendsburg un Itzehoe, un dat sünd blots een paar Hüüs. Een vun de Hüüs is de Margarethenmöhl, een seriösen Gasthof, un schräg gegenöver gifft dat noch een Etablissement mit een rode Lamp darvör. Wenn man ut Rendsburg kümmt, denn is eerst rechts de Puff, un hunnert Meter wieder is links de Margarethenmöhl. Eenmol, as Höla-Party weer, hebbt een paar hilfsbereite junge Lüüd merrn in de Nacht een Emmer Farv holt un för de överblebenen eensamen Männer een Zebrastriepen op de Bundesstraat malt – un zwar schräg över de Straat, de köttste Weg vun den Margarethenmöhl na den Puff hin. Eegentli eene gode, menschenfründliche Idee, aver de Polizei weer nich amüseert, as se neegsten Morgen in de Höla ankeem.
Överhaupt, de neegste Dag. Alle Schöler müssen in Ünnerricht ween, dat weer so een Art Ehrenkodex, aver de meisten hebbt schlopen, regelrecht schlopen. Un se stünken! So as Hömm darmols halfdoot op den Trecker, tosätzlich villich mit een fiene Note vun Sperma in de Büx.
Darmols in de Höla weer ik de öltste – as ik in de Klass keem, reep eener: »Kiek mol, nu koomt se al ton Dootblieven her!« – ik weer de eenzige, de al Familie harr. Darmols harrn wi dree lütte Kinner;

Marie weer veer un de Twillinge twee Johr olt. Darüm weer ik blots eenmol op Höla-Party.
De Höla-Party gifft dat jümmer noch. Warrt Tied, dat ik dar mol wedder hinfohr, üm natokieken, ob dat dar in de Margarethenmöhl jümmer noch datsölbige is. Jo, na de neegste Höla-Party fohr ik wedder hin, ganz gewiss – natürli eenzig un alleen to Recherchezwecken.

Twintig Johr

Hüüt, an twintigsten Mai 2010, is dat twintig Johr her, dat ik mien Fru dat eerste Mol küsst heff. Oder, beter: Dat se mi küsst hett.
Dat weer an twintigsten Mai 1990. Darmols geev dat de DDR noch, un ik weer Zivi in een integrative Kita. Birte weer dar Praktikantin, un wi weern tosamen mit all de Kinner un de annern Betreuers op Freizeit, op de dänische Insel Römö. Wi harrn dar mehrere Sommerhüüs entert, de Möbel rut, uns Kinnergornkram rin, un denn güng dat los. För de Kinner weer dat Freizeit, aver wi Betreuers harrn nich veel friee Tiet. An Avend schlepen wi meist in, mit de Tass Kaffee noch in de Hannen.
An een vun düsse Avende keemen Birte un ik tosamen op Sofa to sitten. Se harr jüst ehren Fründ in de Wüste schickt, un ik steek fast in een komplizierte platonische Fründschap. Op eenmol weern wi alleen, de annern weern to Bett gahn, un ik fung an, ehre Fööt to kleihn. An de Fööt kleihn, dat kunn ik goot, dat muss ik jümmer moken bi all de platonischen Deerns. Bit to düssen Avend weer dat mien Schicksal. Ik weer goot för dat An-de-Fööt-kleihn, aver mit mehr weer nich to reken.
So seten Birte un ik un schnacken ganz liesen, un op eenmol sä se: »Füße kneten kannst du ja gut. Kannst du auch küssen?« Ik anter: »Keine Ahnung.

Hab ich noch nie ausprobiert …« Un Birte lacht, un denn keem se neger un küsste mi, ganz zart, ganz sacht, mit ganz weeke Lippen. Dat weer unsen allereersten Kuss.
Dat is hüüt twintig Johr her. Sietdem sünd wi een Paar. Siet 19 Johr sünd wi verheirat, un wi hebbt fief Kinner. Tja, ik mutt dat togeven: Wi hebbt uns nich blots küsst. Dar weer noch mehr, un dar is noch mehr. Se is DE Fru vun mien Leven. Wiss, wi hebbt uns leege Tieden hatt, avers wi sünd tosamen bleven un hebbt dat dörch stahn. Un hüüt kriggt uns so gau nix mehr utenanner.
Wat för een Glück, dat ik darmols Zivi west bün. Wenn ik mi vörstell, ik weer na den Bund hingahn – villich harr ik Birte gor nich dropen! Un hüüt worr ik bestimmt den trurigen Clown geven bi »Bauer sucht Frau«. Wo schön, dat mi dat erspoort bleven is!

Köh rutlaten

Dat is nu een paar Daag her, dat ik de Köh rutlaten heff.
Dat is jümmer een besünnern Dag, jedes Johr wedder. De Winter is so lang, un de Buer hett soveel Arbeit, de jümmer de sölbige is: Melken. Misten. Foddern. Instreuen. Un wenn he an Avend darmit torecht is, denn fangt dat morgens wedder an. In Winter kann dat op den Buernhof recht eentönig warrn. Du arbeitst, du schlöppst un du stinkst na Kohstall un na Silo.
Aver nu is dat Fröhjohr dar. Dat Gras wasst, de Luft kümmt hoch, de Bööm schlagt ut, un ik heff de Koppeln dicht mookt un de Köh rutlaten.
Mensch, wat is dat doch för een Freud. Den ganzen Vörmeddag bün ik op de Huuskoppel west un heff överall den Elektrodraht verbunnen, un de Köh harrn dat al klook kregen un drängelten sik an de Döör vun Stall un kunnen dat gar nich aftöven. Se bölken un stöten sik gegensietig vun den besten Platz ant Gitter wedder weg.
Un denn keem ik un heff dat Gitter op mookt un gung vörweg, den Kohstieg entlang, na de Koppel hin. Se dörpt mi denn nich överholen. Ik bün de Leitbull, ik gah voran. Jümmer wedder versöökt se dat, aver ik pass op, un se loopt ungeduldi achter mi ran, bit wi op de Koppel sünd. Denn bliev ik stahn,

un se springt an mi vörbi un geevt Gas un schlagt ut un bölkt un danzt un taumelt un loopt eenmol in Kreis un kontrolleert den Tuun un loopt wedder in Stall rin un denn wedder rut, so, as wullen se düsse grote Freud noch eenmol beleven. Un se rennt un springt un bölkt noch eenmol, un denn nehmt se opletzt de Köpp daal un fangt an to freten. Machmol kickt een Koh hoch, kickt mi an, un ik kann sehn, dat se glückli is. Un ik stah un freu mi, dat mien Köh glückli sünd un dat de Winter vörbi is. Denn de Köh sünd buten. Endlich buten.

Köh rinholen

Siet een paar Daag sünd mien Köh wedder richtige Weidetieren. Dat Silo vunt letzte Johr is all, un nu dörpt de Köh ok nachts wedder rut. Se blievt den ganzen Dag un de ganze Nacht op de Weid, un blots ton Melken hool ik ehr rin, avends Klock fief un morgens half söss.
As ik mien Buernkollegen Carsten darvun vertellt heff, dar sä he: »Dat is ja schön! Aver du musst ja morgens jümmer rut un Köh rinholen!« Dar hett Carsten recht. Aver ik seh dat een beten anners: Ik mutt nich Köh rinholen, nee, ik dörp Köh rinholen!
Wiss, machmol is dat hart, optostahn, so fröh. Aver nix is so schön as de fröhe Morgen, in Sommer, op de Kohweid. Wenn de Sünn langsam hochkümmt, de Mond noch blass, as dörchsichti an Himmel steiht un de Tau sülvern int Gras un int Kleber glänzt. De Fööt in de Gummistebeln warrt vun de Nässe angenehm köhlt, un in de Sünn warrt dat al een beten warm, aver dar, wo noch Schatten is, dar höllt sik de Nebel, un ik mark dat forts, wenn de Nebel sik as Tau op mien Hemd afsett. Un denn stah ik op unsen Barg un kiek över dat Depenauer Moor, un dar liggt de Nebel noch as een Daunendeck över de Landschapp, blots de hogen Bööm kiekt rut. De Arbeitsverkehr rauscht op de Auto-

bahn jüst as dat Meer; de Köh liegt in de flache Sünn tosamen un kaut wedder, so friedli, so ruhi, so tofreden. Ik hool düchti Luft un denk: Nee, wat is dat doch schön!

Un denn mutt ik aver an de Arbeit denken. De Köh mööt molken warrn, un ik mutt ehr rinholen. Un wenn ik op ehr to gah, denn kiekt se mi an, so, as wullen se seggen: »Oh, hallo Bauer, schön, dass du kommst. Wir hatten schon Hunger, aber uns hat der Antrieb zum Aufstehen gefehlt!« Un denn staht se op, schiet sik eenmol düchti ut, üm Platz för den Naschub to maken, un denn nehmt se den Kopp daal un fangt an to freten. Ik kann dat ja verstahn, de feuchte Kleber, dat feuchte Gras, dat schmeckt bestimmt, aver nu is doch dat Melken an de Tour! Aver dar hebbt de Köh nu gar keen Lust to. Se wüllt freten, nix anners.

Morgens Köh rinholen, dat is wat för Lüüd mit starke Nerven. So lang du achter een Koh büst, geiht se langsam Richtung Stall. Geihst du aver na een anner Koh hin, blifft de eerste stahn, nimmt den Kopp daal un fritt, während du de anner Koh driffst. Geihst du wedder na de eerste Koh hin, blifft de tweete wedder stahn un fritt. Un so geiht dat wieder, un dat nich blots mit twee Köh, nee, mit fiefunföfftig! Dat is een Zick-Zack-Loop över de Koppel, un man leggt ungefähr dat fiefunföfftigfache vun de eegentlige Streck torüch. Mi dücht, ik heff al orntli wat afnohmen, siet mien Köh nachts wedder op de Weid sünd. Se meent dat goot mit mi. Se weet, dat Fettleibigkeit ungesund is, vun wegen Schlaganfall un Herzinfarkt un so, un se gaht dargegen an. Ik schull ehr wull recht dankbar ween.

Een Glück, ik bün Melkbuer

En hett dat nieh licht, wenn he Melkbuer is. He mutt jeden Dag melken un foddern un misten un instreuen. Jeden Dag, 365 Daag int Johr. He hett veel Arbeit un he kriggt blots wenig Geld darför. Jedeen weet, wo utverschaamt billig hüüt todags de Melk is. Darför riet wi Melkbuern uns af, Dag för Dag.

Liekers bün ik froh, dat ik Melkbuer bün. Eegentlich mag ik dat ganz gern, wenn ik wat to doon heff. Ik mutt nich wiet to mien Arbeitsplatz fohrn; ik treck de Stebeln an un bün al dar. Opn Weg to de Arbeit heff ik noch nie nich in Stau stahn.

Un ik heff jümmer een Utreden, wenn ik to irgend wat keen Lust heff. Denn kann ik jümmer seggen: Nee, deit mi leed, dat kann ik nich moken. Keen Tied. Mutt arbeiten. Melken. Foddern. Misten. Instreuen.

Un jedeen glöövt dat. Stimmt ja ok. Ik mutt würkli arbeiten. Aver machmol is dat ok een Utreden. Mutt ik togeven.

Ton Bispeel, wenn ik mit de Kinners na ehre Football- oder Handballspeele fohrn schall. Denn heff ik keen Tied. Mutt arbeiten. Melken. Foddern. Misten. Instreuen.

Worüm is dat so? De Antwort is eenfach: Ik kann mi dat nich ankieken. Ik heff dat versöcht. Dat geiht nich. Ik hool dat nich ut.

Dat liggt nich an miene Kinner. Dat liggt ok nich an ehren Sport. Dat liggt an de annern Öllern, de man dar övern Weg löppt. Natürli sünd nich alle so. Aver jüst so, as du in jede Mannschapp een Spinner hest, so is ok bi de Öllern jümmer een Spinner darbi.

Miene Herren, ik heff för den Rest vun mien Leven noog vun düsse Vadders, de ehre Jungs anbölkt, as weern se in Krieg: »Kevin, hau die Sau doch um! Die muss fliegen, die Sau!« Un ik heff mi satt hört an Mudders, de ehre Deerns bin Sölbenmeter op Handballfeld tokreischt: »Jacqueline, ziel inne Fresse! Mitten inne Fresse! Die zieht den Kopp schon wech!«

Dat is nich to erdregen. Ik heff Vadders sehn, de regen sik so op, dat se bit Bölken anfangen to sabbern. Na dat Speel wull eener mol den Schiri wat op Muul hauen. He grunz: »Schiri, ich mach dich fertig! Du alte Scheiße! Ich bring dich um!« Un he leep los. Weer dar nich een annern Vadder twüschengahn, keene Ahnung, wat passiert weer.

Nee, dat is nix för mi. Wenn de Kinner Football oder Handball spelen mööt, mutt ik jümmer arbeiten. Dat is een komischen Tofall, aver ik kann dat nich ännern. Ik bün Melkbuer. Ik heff to doon. Melken. Foddern. Misten. Instreuen.

Heu

Nix in de ganze Welt rüükt so wunnerbor as frischet Heu. Afgesehn vun mien Fru.
Heu moken is so teemli dat Unökonomischte, wat een as Buer moken kann. Dat duert lang, bi godet Heuweder – Wind un Sünnenschien – Minimum söss Daag. Wann hebbt wi in Norden al mol eene Woch Sünnenschien ohne Regen twüschendörch? Du hest, wenn du as Buer Heu moken wullt, also dat vulle Wederrisiko. Un wenn du al Glück mit Weder hest, denn schaffst du liekers nix weg vun de Koppel, tominst nich, wenn du lütte Klappen op den Böön bringen wullt. Dat duert sien Tied. Dar is dat veel rationeller, Silo to moken. Afmeihen, infohren. In twee Daag büst du darmit dörch. Un ik mook ja ok Silo för de Köh. Liekers, een Leven ohne Heu moken kann ik mi nich vörstellen. Worum is dat so?
Ik glööv, de Hauptgrund is ganz eenfach: För mien Leven gern mag ik Heu. Dat fangt al bit Meihen an. Dat Messer kreischt dörch den Bestand, un Bahn för Bahn fallt dat Gras un de Klever un de Hunnenblomen un allens annere, wat dar so blöht. Un denn, wenn ik mit een Koppel fardig bün, stieg ik vun Trecker rünner, suug düssen Duft in, dat frische Gras, un denn gah ik an de Kant to pissen. Dat is so een Ritual, ohne dat geiht dat nich.

Denn to kehren wedder hin. Ik schmiet dat utenanner, un nu al rüük dat Gras ganz anners. Würzi, aromatisch, jüst een beten as een goden Kräutertee. Dat Gras flüggt achterut, un de Hunnenblomensamen danzt Ballett in de Luft un fleegt weg, in de wiede, wiede Welt. Wohin de Wind ehr ok jümmer weiht.
Vun nu an warrt de Duft jümmer anners, jeden Dag een beten, bit ik ant End al high warr vun düssen Duft. Un dat sogor, ohne dat Heu to schmöken! Un denn, endli, geiht dat ant Inföhren. Vadder presst, Mudder bringt Koken mit, Herr Kasch fohrt twüschen, Birte laadt af un de Lehrling, de Kinner, een ebenso heusüchtigen Fründ un ik staht op den Böön un stapelt weg. Achteran sitt wi tosamen un eet un drinkt, natt vun Schweit, aver glückli. Dat gifft Beer un Brot, bit alle satt sünd, un ganz ton Schluss gaht Birte un ik noch mol in den Stall, de vull is vun düssen Duft, de vun Böön rünnerkümmt un den ganzen Ruum utfüllt, un dat rüükt so goot un …
Ik weet nich, ob dat Tofall is, aver de Oltbuer vun mien Lehrbetrieb hett seggt, de meisten Buerngöörn fröher worrn in März geboren. Mookt worrn se in Juni, int Heu. Ik weet nich, ob dat stimmt. Mien Broder is in März geboren, ik in Januar. He is villicht int Heu mookt worrn, ik ganz seker nich. In April, dar mookt man keen Heu. Dar seiht man Haber oder Sommerweiten oder Sommergassen. Oder man schleppt un walzt dat Grönland. Wat hebbt mien Öllern wohl arbeit, an den Dag, an den se mi mookt hebbt? Ik warr dat wohl nie to weten kriegen.

Heu moken – so, as ik dat boben beschreben heff, dat is de Idealfall. Normalerwies regent dat twüschendörch, ik kehr, denn is dat meist dröög, denn regent dat wedder, ik kehr, dat regent, un so wieder, un so fort. Ant End is dat Heu gries, un de Duft is muffelig. Liekers versöök ik dat jümmer wedder. Denn wenn dat klappt, is een Hänger vull Heu een Hänger vull Glück. Darför lohnt sik dat to kämpfen. Un een lütte Chance op godet Heu is jümmerhin een Chance.

Weder

Nülichst heff ik mit een Journalisten schnackt, de fragte mi, ob ik de veer Plagen vun de Landwirtschap kennen dä. Nee, anter ik. Un he sä: »Frühjahr, Sommer, Herbst und Winter.«
Natürli hett he een beten recht. Buern schnackt gern övert Weder, un merstendeels jammert se. To dröög, to natt, to koolt, to hitt, un wat nich all. Oftmols is dat nix wieder as Konversation. Dat meent nich all to veel. Smalltalk övert Weder, so as överall. Bin Bäcker, bin Doktor in de Töövstuuv, bin Frisör, an de Tanke, oder even ünner Buern.
Weder kann so schön ween! Un Regen, ja, ok Regen kann so schön ween. Is wunnerschön, för sik betrachtet. Aver de Mensch denkt jümmer glieks daran, ob em dat Weder ok jüst in Kroom passen deiht. Un darna warrt dat bewertet. Un weil Weder jüst för de Buern so wichti is un dat machmol richti dramatisch is, wenn dat verkehrte Weder kummt, jammert de Buern so gern övert Weder. Aver wenn dat Korn binnen is, dat Stroh fohrt, de Silo ünner Plane un dat Heu ünner Dack, denn kann de Buer sik freuen. Wie ok jümmer dat Weder is.
Dar bün ik wedder bin Regen. Nülichst eerst, dat Heu weer binnen, dar seet ik mit een Tass Kaffee in unse Deel op de Bank un keek in den Regen. Schräg vun boben links na ünnen rechts full he op unsen

Hof, un de Luft, de vörher so schwoor un schwül allens rünnerdrücken dä, weer mit een Mol frisch un kühl un würzi, vull mit den Duft vun Holunder un wat nich noch allens blöhen dä. Mit Mol weer Wind dar, allens wackel in Wind un böög sik, ach, dat weer een Schauspeel.

Överhaupt, Regen. As ik een jungen Kerdl weer, dar bün ik an leevsten in Regen in unsen Stolper See west. Wenn du schwimmst, un dat fangt an to regen, so richti grote Drüppens, denn löst sik de Wateröverfläche op, de Grenz twüschen Water un Luft verschwimmt, weil all de Drüppens vun den See wedder hoch schmeten warrt, un du schweevst merrndörch, dat is wunnerbor. Du muttst blots oppassen, dat dat normalen Regen is un keen Gewidder. Dat heff ik ok mol mookt, schwimmen bi Gewidder. Nich wiet weg vun See keem een Blitz rünner, dat kunn ik marken, int Water. Dat weer, as harr ik gegen den Stromdraht pisst. Ik heff mi düchti verfehrt, un so gau as darmols bün ik noch nie nich wedder an Land west.

Un as wi mol jüst vört Gewidder den letzten Hänger Stroh aflaadt harrn, un denn güng dat los, dar sünd mien Fründ Ulli un ik nackig in Regen över unsen Hof danzt! Vull mit Freud över de Afkähl-lung.

Villich mutt een an so wat denken, wenn dat aktuelle Weder jüst mol verkehrt is. Wenn ik dat gern dröög hatt harr, un dat fangt an to regen, denn mutt ik mi erinnern, wo dat weer, as ik mi so freut heff, as dat opletzt anfung to regen, un dat weer genau richti so. Un wenn dat dröög is un dat will un will nich regen, denn mutt ik daran denken, wo dat na

lange natte Wochen een Johr in August Anfang September nochmol richti Sommer weer un wi dat al afschrebene Sommergassen- un Habergemenge denn doch noch dröög döschen kunnen. Dar keem dat sonnige Weder uns genau to pass.
Un so as man seggen kann, dat gifft keen schlecht Weder, dat gifft blots verkehrte Klamotten, so kann man ok seggen, dat dat Weder jümmer jüst so goot is, as wi uns dat hindenkt. Sogor düstere, feuchte, nebelige Daag in November, sogar Schneematsch, ja sogor gammeliget Wiehnachtsweder mit knöchelhoch Matsch op den Hof – dat all kann schön ween – wenn wi dat blots wüllt.

Hochtiet

Dat is een poor Johr her, dat weer de Hochtiet vun mien Schwager, un de is al lang wedder scheedt. He un sien tokünftige Fru un noch tokünftigere Ex-Fru harrn uns inlaadt, na Berlin to kamen, um mit to fiern. Dat weer Sommer; dat weer goot Weder; dat weer hitt, un wi packen unse ganze Familie in den olen Ford Transit un fohren na Berlin. Un ik ant Stüer. De Buer in de Stadt. In den Kreisverkehr an de Siegessäule harr ik mi bald in de Büx scheten. Ik kunn nich mol tellen, wo veele Spuren dat dar geev. Aver dat is goot gahn, un wi sünd heil ankomen.

Dat Fest weer in een goot Hotel direkt an de Spree, mit allens, wat dat Hart begehrt: Eeten, Drinken, Romantik, Musik, Danzen. Aver för unse Kinner weer dat absolute Highlight nix anneres as de Fohrstöhl.

Ik kunn dat goot verstahn. För mi as Jung geev dat, wenn wi mol in de Stadt weern, nix Beteres as Rulltreppe fohrn oder eben Fohrstohl. In Plön, an den Marktplatz, geev dat in de Sölbentiger Johrn een eenziget modernet Huus mit Fohrstohl. Wi Jungs müssen an Markt op unsen Bus töven, un oft güngen wi in dat Huus un fohren Fohrstohl, op un daal, op un daal, jümmer wedder. Eener passte jümmer op, an de Huusdöör, un wenn unsen Bus denn üm

de Eck keem, drücken wi opletzt noch mol den Alarmknoop un lepen weg. Un wi keemen uns vör as richti harte Jungs.
Un in dat Hotel, wo wi nu weern, geev dat sogor twee Fohrstöhl. Unse Kinner kunnen gegeneenanner Fohrstohl fohren un kieken, wokeen de schnellste weer. Un dat hebbt se ok doon. Den leven langen Dag, de halve Nacht, un an Morgen güng dat forts wedder los. Ik harr meist Bedenken, dat kunn annere Lüüd to Last fallen, oder de Hotelangestellten worrn mit unse Kinner schimpen, aver se leten ehr ungestört spelen. Wohrschienli hebbt se dacht: »Die armen Kinder vom Dorf, lass sie man. Sie haben ja sonst nix!«
Un se fohrn tatsächli Fohrstohl, as wenn se sonst nix harrn. Un as wi wedder int Auto sitten, op den Weg na Huus, dar sä Nora, unse tweetölste Deern, darmols acht Johr olt: »Oh, Mama, Papa, das war so toll! Das war der schönste Tag meines Lebens!«
So eenfach sünd de lütten – un machmol ok de groten – Freuden int Leven!

Candle-Light-Dinner

Ik weet noch genau, wo dat weer, as Birte un ik dat eerste Mol tosamen utgahn sünd, ohne Oppasser för de Kinner. Dat is een poor Johr her, un dat weer an Valentinsdag. Birte harr uns een Disch int Restaurant reseveert, för een Candle-Light-Dinner.
De letzte Babysitter weer ne Niete west. Se harr ehren Fründ mit un hett to de Kinner seggt: »So, Kevin und ich gehen jetzt in die Stube. Wehe, ihr stört uns! Ich will keinen Ton hören, sonst reiße ich euch den Kopf ab und piss euch in den Hals!« Un se hett de Döör to mookt. Vun uns Kinner weer nix to hören west, ut de Stuuv ümso mehr. Babysitten is eben warmer as de Bushaltestell. Un en kriggt noch Geld darför! Man, wi wullen nich darför betahlen, dat en uns Sofa kaputt rammelt. Also hebbt wi den Babysitter füert. Un hebbt beschlotten, dat uns Kinner olt noog sünd, alleen to blieven.
De beiden Lüttsten, Carla un Jon, dörpten in uns Ehebett schlopen, Jon as Mamakind op Birtes Siet, Carla as Papakind op miene. Marie, de öllste Deern, schull oppassen un dörpte fernkieken, un de Twillinge Nora un Peer schullen in ehre Zimmer gahn. So wiet, so goot. Jeder wüss, wo sien Platz weer, un ik harr för den Notfall dat Handy mit. »Aber ruft nicht wegen jedem Scheiß an!«, heff ik noch seggt. Denn sünd wi losfohrt, man blots teihn Kilometer,

na dat Fienschmeckerrestaurant int Naverdörp. Dar seten al veele Paare op den Saal, all ganz intim bi Schummerlicht, as de Höhner op de Stang. Man kunn nich mal richti dat Eeten sehn, so düster weer dat bi dat Candle-Light-Dinner. All de Paare keken sik so romantisch un zärtlich an un hebbt blots ganz liesen flüstert, un denn klingel mien Handy dat eerste Mol.
Nora weer ant Telefon. »Papa, Marie guckt gerade Alarm für Cobra 11. Darf ich mitgucken, ausnahmsweise? Ich geh danach auch ganz schnell zu Bett. Versprochen!« – »Ausnahmsweise«, flüster ik in mien Handy. »Was? Ich versteh dich nicht! Du musst mal lauter reden!«, reep se, un ik flüster luut: »Ausnahmsweise! Und ruf nicht mehr an!« Un ik legte op.
Dat duer keen twee Minuten, da klingel mien Handy al wedder. De Lüüd keken mi all an. Nu weer dat Peer. »Nora und Marie gucken Alarm für Cobra 11. Darf ich auch mit gucken? Ausnahmsweise? Bütte bütte bütte?« – »Ausnahmsweise!«, flüster ik, nu richti luut, un legte wedder op. Na twintig Sekunden klingel mien Handy nochmol wedder. Marie weer dat. Se schreeg: »Wieso dürfen Nora und Peer noch ferngucken? Das durfte ich als Lohn fürs Aufpassen. Und die dürfen das so, ohne was zu tun? Dann pass ich jetzt auch nicht mehr auf?« Ik flüster: »Ganz ruhig, Marie! Wir reden nachher drüber, ja?«
Aver se harr al opleggt. Nu heff ik mi Sorgen mookt. De dree Groten schullen sik man nich in de Köpp kriegen, dar op Sofa. Dar klingel dat al. Peer weer dat: »Nora und Marie machen sich total fett auf dem

Sofa und lassen mich da nicht mit sitzen! Und Marie hat mich gekniffen!« All de Lüüd keken mi an. Se harrn gar nix Intimes mehr to flüstern mit ehre Levensafschnittspartner, se keken blots noch na mi hin un schüttelten de Köpp. Ik brüll in mien Handy: »Peer, jetzt hör mal zu. Mama und ich wollen heute einen schönen Abend verbringen, bei unserem romantischen Candle-Light-Dinner, also macht, was ihr wollt, aber streitet euch nicht. Und ruft nicht mehr an, es sei denn, es brennt im Haus. Klar?« Un ik legte op. Wi harrn eerst jüst dat Amuse-Gneule achter uns, un miene Stimmung weer eher bi't Holthacken as bit Candle-Light. Ik hool eenmol düchti Luft, lächel Birte an un flüster romantisch: »Na, mein Schatz?« Dar klingel dat Schietding al wedder. Ik keek in de Runde. »Das ist das letzte Mal, dass ich rangeh!«, segg ik luut, för alle, un güng ran. Dat weer Carla. Se ween: »Papa, ich hab schlecht geträumt. Darf ich auch ferngucken?« – »Ja, meinetwegen«, segg ik rat- un wehrlos. Un denn heff ik, in de Hoffnung, allens geiht jümmer goot ut, dat Handy afstellt, ganz liesen un ohne Birte darvun to vertellen. So hebbt wi doch noch wat mang de Kiemen kregen. Fief Gänge, un satt bün ik nich mol annähernd worrn, aver egol. Mit Romantik weer ok nix, aver wenigstens klingel mien Handy nich mehr. Un dat is doch ok al wat wert. All de intimen Valentinsdagpaare wüssen sik nix mehr to vertellen – se harrn ehre daglichen sölben Minuten Ehegespräch al övervull – un keken sik ratlos an. Manche sünd achterran bestimmt noch na'n Imbiss fohrt, üm sik satt to eten. Wi nich. Wi wullen na Huus, kieken, wat de Kinner moken dän, dat eerste Mol alleen.

Birte wunner sik een beten, worum se nich mehr anropen hebbt. »Sie haben begriffen, dass das gut für uns ist, wenn wir auch mal was allein machen, ohne Kinder, ganz romantisch …«, segg ik un stell dat Handy wedder an, ganz still un liesen un ohne dat Birte dat markt hett. Ik weer verleevt as an eersten Dag, un ik harr Hunger.

As wi na Huus keemen, sünd wi glieks na de Stuuv ringahn. De Fernseher leep noch. All fief Kinner legen tohopen op Sofa un schlepen friedlich. Mann, wat sünd se doch sööt. Wenn se schloopt.

Intimrasur

Ik harr dar ja al öfter vun hööрt, aver glöven kunn ik dat nich. Aver nu heff ik dat mit eegene Ogen sehn.
Normalerwies speel ik Football in de Altliga vun TSV Wankendörp. Op uns Trikot is de Werbung vunt Bestattungsünnernehmen. Aver nülichst heff ik dacht, ik mutt mi een beten fit holen, un denn heff ik trainiert mit de tweete Herrenmannschapp, alles junge Kerls vun Anfang Twintig. De weern meist to flink för mi, un de lepen de ganze Tiet, un ik keem mi richti olt vör.
Un denn güng dat ant Duschen, un dar heff ik dacht, ik bün nich bi de tweete Herren, nee, ik dach, ik bün bi de D-Jugend. Glöövt dat oder glöövt dat nich, aver ik weer dar de eenzige, de Hoor an den Bütel harr. De weern alle, aver ok ausnahmslos alle intimraseert. Blank as de lütten Butschers, un ik seeg dargegen ut as een Oop utn Dschungel.
Ik verstah dat nich. Mann, heff ik mi darmols freut, as ik mien eerstet Hoor an Bütel entdeckt harr. Ik heff dat begöschert un pleegt un düngt un as dat mehr weern, dar heff ik mi schöne Rastazöpfe wassen laten, aver ik weer nie nich op den Gedanken koomen, mi to raseern. Een Mol möss ik dat wegen eene Operation, un wat hett dat juckt, as dat nawassen dä! Wat weer dat furchtbar!

Aver nu is dat allens ganz anners. Knapp is dat eerste Hoor dar, dar warrt dat weg raseert. Ik heff höört, de Jungs mookt dat, darmit de Fink länger un grötter utsüht, aver Birte hett seggt, wat schall dat denn, dat is so doch al hässlich noog, wokeen will denn noch mehr darvun sehn? Un recht hett se. Schön is dat ja nich, wat wi Mannslüüd dar twüschen de Been hangen hebbt. Un ik heff mi wunnert un nadacht un ik kann dat nich begriepen. Wenn man een Mol darmit anfungen hett, mutt man darmit jümmer wieder moken, anners juckt un steekt dat doch de ganze Tied. De jungen Lüüd hebbt wohl toveel Tied, jeden Dag an sik rümraseern. Keen Wunner, dat in uns Land allens den Bach rünnergeiht, un keener deit wat dargegen. Nee, all sitt se in de Baadstuuv un putzt un raseert sik blank, stünnenlang! Dat kunnen wi uns darmols nich erlauben! Wi Open utn Dschungel …

Täuschung

Ach, wat kann man noch glöven in düsse Tiet! Nix mehr! Dat, wat een süht, is nich jümmer dat, wat ok tatsächli dar is.
Ton Bispeel de Busen. Mien Vadder seggt zwar, dat heet op Platt »Titt«, aver ik segg nu mol Busen darto. Ik heff mi jümmer wunnert, dat hüüttodags all de Deerns sone grote Oberwiede hebbt, un ik dach al, dat leeg an all dat Hormonfleesch, dat se jümmer in sik rinfreten doot, aver denn weer ik mit Birte toletzt mol Büstenholler köpen, un wi müssen faststellen, dat dat kuum noch Büstenhollers gifft, de nich künstli oppolstert sünd. Ik bün bi Karstadt dörch de ganze Afdeelung lopen un heff na normale BHs keken, während Birte in de Ümkleede stünn, un ik heff so goot as nix ohne Polster funnen. Entweder dat weer för Omas, fleeschfarven oder schieti beige un ohne Polster – de hebbt dat wohl nich mehr nöödi – oder dat weer för junge Fruuns, mit Polster för dree Nummern grötter. Dat geev blots eenen eenzigen BH, de nich för Omas weer un blots weni Polster harr, un den hett Birte denn nohmen. Avends, as wi wedder tohuus weern, heff ik genau hinkeken, un dar heff ik sehn, dat dar ok een gewaltigen Ünnerscheed is twüschen miene groten Döchter dagsöber, in normale Klamotten, un avends, vört Tobettgahn, in Schlopanzug. De Illu-

sion is perfekt. Un dat liggt nich an Hormonfleesch, nee, dat liggt an de Täuschung.
Merstendeels is de Täuschung harmlos, aver machmol is se ok gefährli. Wi harrn mol een roden Koter, den is de Täuschung meist to Verhängnis worrn. Darmols harrn wi noch den olen Köter, den Birte mit in uns Ehe inbröcht harr, un wenn wi mit em spazeeren lepen, denn keem de Koter jümmer mit un leep achter uns ran as noch een Köter. Unse darmoligen Navern harr een dütschen Schäperhund, de för sien Leven gern Katten doot beet. Wenn wi bi den Naver vörbi keemen, un de ehr Hund kreeg dat klook, denn güng he füünsch op unsen Koter daal.
Nu harrn wi domols noch de olen Överlandleitungen an unsen Weg lang, un wenn de Navershund den Koter jaagte, denn leep de Koter afsichtli opreizend langsam na den nächsten Strompahl hin un kladder darop, un de Köter keek achteran. De Koter töövte denn jümmer, bit de Hund dat Interesse verloren harr, un keem irgendwann wedder daal.
Eenmol aver, dar is de Koter Opfer vun een Täuschung worrn. De Strommasten segen sik all teemli ähnli. De mersten darvun weern ut Holt, aver een paar weern ut Beton. Eenmol jaagte de Hund em wedder, un de neegste Pahl weer ut Beton. De Koter jumpte an den Pahl un wull hoch kladdern, aver he kreeg de Krallen nich in den Pahl rin. Man kann richti tokieken, wo de Krallen kötter worrn, un ünnen stunn de Hund un högte sik een. Un denn güng dat Gekloppe los.
Uns Koter hett överleevt, aver he is nie mehr mit spazeeren gahn. Darvun weer he kuriert.

Stringtanga

Übrigens, dat, wat an de Büstenhollers to veel is, an Stoff, an Polster un an Täuschung, dat is an de Ünnerbüxen to weni. De sünd so lütt, de sünd ohne Brill, mit blote Ogen, knapp to erkennen. Ik kann mi ja nich vörstellen, dat düsse minilütten Dinger bequem ween schüllt, blots son Stinkeband mang de Kimme, aver ik bün olt un verwirrt un ik heff sowieso keene Ahnung, seggt miene Döchter.
Nülichst heff ik mol den Trockner utrüümt, dat weern Handdöker, normale Ünnerwäsche vun uns un even düsse Stringtangas vun unse Teeny-Döchter. Rein ut Spoß heff ik een son lüttet Stück Stoff mit Leomuster mol op de Kökenwaag leggt. Groff schätzte 8,5 Gramm weeg dat Ding, wobi de Waschzettel achter bin alleen bestimmt al söss Gramm harr; denn in achtteihn verschedene Spraken stünn dar op, wo man düsset Nix waschen muss.
Unse Waschmaschien faat 8 Kilo Wäsche. Weer se vull blots mit Stringtangas, denn muss man – heff ik mit Daschenreekner utrekent – 941,176647 Stück darin stoppen. Wobi de negenhunnerttweiunveertigste, de man noch darto deit, bestimmt kaputt geiht. Oder se geiht verloren in den Twüschenruum mang Trommel un Gehüüs vun de Waschmaschien.
Negenhunnerteenunveertig Stringtangas – wenn

eene Deern jeden Dag eene frische Ünnerbüx antreckt, bruukt se rund twee Johr un sölben Monate, üm de Waschmaschien vull to kriegen. Dar stell man sik mol den groten Hupen Stringtangas vör, na all düsse Tied! Un wo lang man bruukt un wo veele Wäscheklammern, bit se all an de Lien hangt!
Ja, so is dat mit de Stringtangas. Dar loov ik mi de Ünnerbüxen vun mien Fru. De seht fesch ut, aver dar is wenigstens noch Stoff an; du bruukst keen Angst to hebben, dat se bit Uttrecken kaputt gaht. De sünd tominst ebenso sexy as de Stringtangas vun mien Döchter, un man kann sogor noch een Ünnerhemd rinsteken, ohne dat dat blöd utsüht. Un se weegt dreeunföfftig Gramm dat Stück – jümmerhin dat 6,2fache vun de Stringtangas! Man bruukt blots 150,94339 darvun, un de Waschmaschien is vull. Bi een Ünnerbüx pro Dag duert dat jüst fief Monate, un man mutt waschen. Wenn dat keen Vördeel is gegenöver de dorigen Stringtangas …

Wenn de Buer in de Stadt kümmt

Wi hebbt nülich een Utfluch mookt, mit meist de ganze Familie, för een Dag na Berlin. Unse groten Deerns wullen shoppen, Carla wull Knut sehn in Zoo un Jon, de Lüttste, acht Johr olt, wull sik de Dino-Skelette int Naturkundemuseum ankieken. Blots Peer wull to Huus blieven. Een Dag stormfri int Huus, ungestört Ballerspeele an Computer spelen. He hett sik, glööv ik, vun uns all an meisten freut.

In Toch na Berlin seeten wi un schnacken. Un wi vertellen vun unse Frünn, ok een Familie vunt Dörp. De weern för een Dag in Hamborg west, un denn harrn se ehren jüngsten Söhn in de U-Bahn verloren. Se hebbt em wedder funnen, aver wat weer dat för een Opregung west! Wi lachen, un ik sä: »Oh Mann, wenn de Buer in de Stadt kümmt!«

Dat güng fix, un wi weern in Berlin. Opn Hauptbahnhof köpen wi uns een Dagkort för den Stadtverkehr un güngen trepphoch na de S-Bahn. De groten Deerns weern al los ton Shoppen, un wi wullen nu na dat Museum fohrn. Opn Bahnstieg stunn al unse S-Bahn, un wi wullen gau instiegen. Ik harr Carla an de Hand, Birte Jon, den Lüttsten. He steeg in, un denn güng de Döör to. Birte kunn blots noch ehre Hand wegtrecken, un Jon stünn in de Bahn un wi darvör. As de Blöden drücken wi op den Knoop, aver de Döör bleev to. Birte bölkte noch dörch de Schiev: »Steig an der nächsten Station aus!« Aver he verstunn nich, un dat blanke Entsetzen weer in siene Ogen to sehn. Aver dar stunn een Fru neven em, un se wies uns, dat se sik kümmern wull. Un de Bahn fohr los.

Dat weer Adrenalin pur, de neegsten paar Minuten, bit de nächste Bahn fohren dä. Jon wüss unse Handynummer nich, un wat, wenn he nich utstiggt? Wo schullen wi em söken? Berlin is groot, grötter as irgendwat anners in Dütschland, un ik muss denken an dat Book vun Christiane F., »Wir Kinder vom Bahnhof Zoo«, un ik kunn mien lütten Jung dar al sehn, mittenmang, op de Straat.

As wi mit de neegste Bahn op de neegste Station ankeemen, stunn Jon dar mit de Fru un ehren Mann. Ik harr ehr knutschen kunnt vör Freud. De Gören! Machmol kannst ehr an de Wand klatschen, aver wenn se weg sünd, is dat richti schlimm!

Wi bedanken uns, un de Mann sä: »Wir haben auch Kinder. Das, was ihnen passiert ist, war immer unser Alptraum!« He lächel, sien Fru lächel, Birte un ik, wi harrn meist Tranen in de Ogen vör Rührung un Glück. Wi nehmen uns Gören in de Arms un weern glückli, un dat Paar sä Tüüs un weer weg.

Wenn de Buer in de Stadt kümmt! Denn beleevt he wat, un machmol dröppt he fründliche Minschen! De gifft dat nich blots to Huus! De gifft dat sogor in de Stadt!

Welle Nord oder wat?

Machmol bün ik mit dat Auto vun mien Öllern ünnerwegens. Int Autoradio löppt jümmer NDR 1 Welle Nord. To mien Kinner heff ik jümmer seggt, Oma un Opa sünd Rentners, se fohrt een Rentnerauto – Mercedes A-Klasse, poggengröön, komplett ut Tupper – un int Rentnerauto, dar löppt jümmer Rentnerradio: eben Welle Nord. Un denn heff ik, noch bevör ik den Motor anmookt heff, den Sender verstellt. Ik kunn düssen Schlagerschiet nich verdregen.

So güng dat bit irgendwann int letzte Johr. Dar heff ik mi mol wedder in de poggengrööne Tupperschöttel sett un bün los fohrt. Ik heff mi richti goot föhlt, dar weer schöne Musik int Radio, »Hotel California« vun de Eagles, un denn »Caravan of Love« vun de Housemartins un »He ain't heavy, he's my brother« vun de Hollies, un ik fohr un klopp den Takt op dat Lenkrad un sung mit, luut, so luut, as ik kunn, un ik dach, nee, wat för'n goden Sender, dar fung een nieges Leed an. Nu weer dat Howard Karpendiek. He bölkte mi schadenfroh an: »Hello again! Huhuhu! Ich sag nur: Hello again!« Ik kreeg richti een Schreck, un forts wüss ik, dat dat Welle Nord weer, dat Rentnerradio int Rentnerauto vun mien Öllern. Un in Panik stell ik den Sendersöökloop an.

Wat weer dat denn nu? Ik kreeg op de Stell een richtige Midlife-Crisis. Wat harr dat denn to bedüden, ik funn de Musik op Welle Nord goot?
Un ik heff mi so miene Gedanken mookt. Hett Welle Nord sik liften laten? Hett se sik verjüngt un lockt dat jugendliche Publikum – also mi – mit gode Musik? Üm uns eerst intolullen un uns denn mit Schlagerschiet to meucheln? Oder bün ik öller worrn, so olt, dat ik nu al to de Zielgruppe vunt Rentnerradio höör? So olt bün ik al? Un glieks harr ik son Kniepen int Krüüz, un ik kreeg Hittenwallungen, un ik dach: Sünd dat nu al de Wesseljohren? Ik worr ganz truri. Dat Radio harr intwüschen een annern Sender funnen, privat, un ik hözrte eerst Musik, de weer ganz goot, un denn de Stimm vun een Moderator, de nich mol richti schnacken kunn.
Nütz ja nix, heff ik denn dacht, un trüchdreiht op Welle Nord. De Lack is af, ik bün nu ok al »Silver Ager«, ik krieg tatsächli witte Hoor in Bart. Ik schull darto stahn: Ik bün olt; ik bün half doot, un ik höör Rentnerradio. Wi seht uns bin Seniorensport. Sitzdanz mookt richti Spoß, dat glöövst du gor nich …

Weddersehen

Dreeuntwintig Johr is dat nu her, dat ik Abi mookt heff. In twee Johr dreept wi uns wedder, na fiefuntwintig Johr.
Klassentreffen. Manche Lüüd möögt dat gor nich, aver ik finn dat wunnerbor, all de olen Frünn un Kumpels un Verflossene un heemli Bewunnerte wedder to drepen. Unglaubli finn ik jümmer, wo gau dat geiht, un man is wedder vertruut miteenanner un föhlt sik neeg, ok wenn man sik Dutzende Johren nich sehn hett.
Vun uns rund hunnert Abiturienten ut den Johrgang 1987 leevt tominnst veer nich mehr. Eene Deern harr Krebs, twei Jungs Unfälle mit Auto, un eener bleev doot an siene Wöpsenstekallergie. Wi dreept uns all fief Johr, un jedet Mol warrt wi weniger, nu al, mit Anfang Veertig.
Un denn bün ik gespannt. Wo seht de Lüüd ut? Hebbt se sik goot holen? Bit nu funn ik, dat de Deerns sik in Durchschnitt beter entwickelt hebbt as de Jungs. Sülbst ut de griesen Müüs vun fröher sünd schmucke, erwassene Fruuns worrn, un de eersten witten Hoor gefallt mi op veele Fruunsköpp richti goot.
Bi de Männer süht dat wat schlechter ut. Manche sünd fett worrn so as ik, manche sünd kahl op den Kopp, un an leigsten hett dat de dropen, de beides

sünd, fett un kahl. Un manche seht ut as lütte Butschers, nich erwassen, blots olt. Fette, kahle, ole lütte Butschers. Dat is de Höchststrafe.
Bit neegste Drepen sünd wi Mitte Veertig, un wi fangt an, för de Werbung uninterssant to warrn. Oma un Opa bruukt ja nich mehr veel int Leven. Obwohl: Wi sünd bald Silverager. Oder Bestager oder wat för dösige Nomens de Strategen sik utdenkt för uns. Eene niede Köperschicht. De Werbung hett uns entdeckt. Wi sünd man blots eerst half doot.
Ik freu mi op dat neegste Drepen. In twee Johr. Af darför! Aver bit darhin mutt ik noch wat afnehmen. Twintig Kilo is mien Ziel. Darmit nich wedder eener seggt: »Oh, Maddi, du bist aber groß geworden!«

Een Engel un keen Geld

Wenn ik mit miene Böker ünnerwegens bün, denn dreep ik machmol Lüüd, de ik nich so gau wedder vergeten kann.

Nülichst weer ik in een Dörp op de Geest. Dat weer int Dörpshuus, de Saal weer vull, un ik vertell mien Geschichten. De Stimmung weer goot, un achteran seet ik dar un verkööp mien Böker un CDs.

Darmit weer ik meist fardig, dar keem een recht schmucke junge Fru na mi hin. Se weer blond as een Engel un harr gode, blanke, witte Tehn. Dat kunn ik sehn, denn se grien vun een Ohr bit na dat anner hin.

Se sä: »Das war ja so wunderschön heute Abend. Ich hab vorher noch nie von dir gehört! Ich würd so gern ein Buch kaufen! Aber ich fürchte, ich habe nicht genug Geld! Was kosten deine Bücher?« Un se lächel. »Elf Euro das Stück!« – »So viel hab ich nicht mehr!«, anter se. »Aber du kannst alles haben, was hier noch drin ist!« Un se hool ehr Portemonnaie rut, heel dat op den Kopp. Allens, wat darbin weer, full op den Disch.

Se sortier un tell tosamen. Veer Euro, sölbenundörtich Cent, dörteihn dänische Kronen, föfftig Öre, twee Wertbons över föfftig Cent vun dat Klo op de Autobahntankstell, een Knoop un dree Ünnerleg-

schieben, een M8, twee M10. Se lächel mi wedder an: »Reicht das für ein Buch?«
Eegentlich wohl nich ganz, dach ik, aver de Fru weer so sööt un se lächel so leev. Ik nehm dat Geld un de Bons un den Knoop un de Schieben un dat Lächeln un weer tofreden.
Un se fung an to vertellen. Dat se ut Dütschland weer, aver nu in Dänemark een Peerhof harr un jüst in Schleswig-Holstein een Rietlehrerkurs moken dä. Un jümmer düt Lächeln darto, so frisch, so vull mit Levensfreud. »Mann, is de Deern höllisch attraktiv!«, dach ik bi mi. Ik wull ehr eben na ehre Telefonnummer frogen, dar full mi noch jüst rechtidig in, dat ik ja glückli verheirat bün. Se nehm dat Book un lächel un güng weg. Un ik keek ehr achteran un lächel sülben un dach: Dat warr ik so gau nich vergeten.
De doren Wertbons heff ik jümmer noch. Se sünd nich mehr gültig. Intwüschen över een Johr olt, un denn sünd se blots noch Bons, ohne Wert. Se hangt an de Pinwand in mien Büro, un ik mutt jümmer noch lächeln, wenn ik se seh.

Vullschlank

Man kann nu würkli nich seggen, dat ik schlank bün. Richti dick bün ik ok nich. Ik weet nich, wat ik bün, villich vullschlank, so as Obelix. Mien öltste Dochter sä nülichs to mi, nadem wi een schönen Utfluch mookt harrn un se mi opletzt umarmt un an sik drückt hett: »Oh, Papa, du bist so wunderbar bequem!« Un ehren knokigen Fründ stünn darneben. De is nich so bequem. Dar stöttst di an un kriggst blaue Flecken.
Dat seggt wohl jeder Övergewichtige, avers bi mi stimmt dat: Ik heff schwore Knoken. Alleen mien Knee wiggt al föfftig Pund. Un ik heff dar twee vun. Jümmer öfter mutt ik faststellen, dat een Hemd, wenn dat schmal schneden is, in Grötte XXL mich mehr utlangt. Denn mutt XXXL her, avers dat is al een Övergrötte, un de gifft dat nich överall.
Ik bün ja nu nich de eenzige mit dat Problem. Un so gifft dat nu jümmer mehr spezielle Kleedaaschladens mit so alberne Namens as: »Starke Mode für starke Männer« Oder: »Mode für Männer mit Format« Dar gifft dat denn Klamotten bit 10XL. För de Verhältnisse bün ik ja richti hager. Liekers, in so een Laden gah ik nich rin. Dat hett een ganz bestimmten Grund.
Ik finn, man mutt de Wahrheit seggen, ok wenn dat

weh deit. »Starke Mode für starke Männer«, dat is nu eenmol nich de Wahrheit. De Germanist seggt, dat is een Euphemismus. Een fründliche Ümschriebung, eene Vernüüdlichung, so as de Konzernen jümmer seggt, de Lüüd warrt frie sett, un nich entlaten.
Nee, dar mook ik nich mit. In so een Spezialgeschäft för Övergrötten gah ik eerst rin, wenn buten op dat Schild de Wahrheit steiht: »Bäuche in Schläuchen« oder »Tolle Tonne« oder »Fesches für Fette« oder so. Denn eerst is dat de richtige Laden för mi.

Schiet, Scheet un Scheiß

Wat ik ant Plattdütsche so gern mag, is, dat dat veele Wöör gifft, de sik ähnelt, de aver nich datsülbige bedüüt. So is dat ton Bispeel mit Schiet, Scheet un Scheiß.

Schiet is dat plattdütsche Wort för »Dünger«. Wenn een plattdütschen Buern seggt, he will Schiet seien, denn bedüüt dat nix anners as »Dünger streuen«. Ik weet noch genau, wo dat weer, as wi in de Berufsschool de Düngung dörchnohmen hebbt. Herr Fister, unsen plattdütschen Lehrer, keem rin un sä: »Hüüt schnackt wi övert Schiet seien. Dat wichtigste: Dat gifft verschedene Sorten Schiet: witten Schiet, griesen Schiet un schwatten Schiet. Un ik will ju wat vertellen: Dat is nich datsülbige! Dat is nich egol, wat för'n Schiet de Buer wann op de Koppel seit! Also pass op!« Wi hörten to un marken uns de Ünnerschede vun witten, griesen un schwatten Schiet. De richtigen Nomens för de verschedenen Düngersorten hebbt wi nich lehrt. De weern veel to komplizeert för unse stiernackigen Buernköpp.

Scheet dargegen is de richtige Scheet, dat, wat bi de Koh achter rutfallt, gern bit Melken, gern mit orntlich Druck, wenn du achter un ünner ehr steihst, in Melkstand, un se hett Dörchfall un Hosten. Wenn se denn noch mitn Steert wackelt, denn sühst du ut, as wenn du richti veele Sommersprossen hest. Un dat is nich allens: Dien Arbeitsklamotten hebbt ok richti veele Sommersprossen. Grote Sommersprossen, in 3D, mit Aroma. Dat is ganz wat Besünneres.

Un denn gifft dat noch Scheiß. Dat is dat Schimpwort. Ik weet gar nich, op dat dat op Platt eegentlich gifft, aver mien Vadder is een richtigen Plattdütschen, un wenn he sik argert, denn seggt he nich: »Schiet!« oder »Scheet!«, nee, he seggt: »Scheiß!«. Also mutt dat wohl Plattdütsch ween. Un dat kann goot angahn, dat Vadder all düsse dree Wöör in eenen Satz ünnerbringt. To Bispeel, wenn wi ant Melken sünd, un he vertellt mi jüst wat un een Koh fangt an to schieten. Vadder is nämli nich mehr so flink, dat he forts wegkümmt, un denn warrt he licht mol vullscheten. Un denn seggt he villich: »Hest du sehn, Carsten is al bi to Schiet seien, nee, oh, wat is dat denn, nu kiek di dat an, wo de Scheet an mi rünnerlöppt, son Scheiß!«

Stolper Adel

Meist harr ik dat vergeten, aver hüüt heff ik in Melkstand mit mien Vadder daröver schnackt, un dar full mi dat wedder in. Wi harrn Adel in Stolpe.
Keen echten Adel, nee. Sogor unsen Gutshof in Depenau weer in bürgerliche Hand. De Gutsbesitzer heten Hammerschmidt, un de harrn ganz normale Vörnamens, Gerhard un Jürgen un so. Nu eerst, vör een poor Johren, hebbt de Hammerschmidts dat Gut verköfft. Nu sitt dar wedder een Adligen op, un de heet Kasper oder so.
Nee, de Stolper Adel, dat weern de Knechen. Keener wüss ehre Achternamens; se weern blots bekannt mit ehre Vörnamens un den Hof, op den se arbeiten. So geev dat Hermann von Tietgen, Detlef von Schlappkohl, Harry von Hanssen, Franz von Holm und Willi von Strehk. Düsse Adligen weern meist Junggesellen un arbeiten gegen Kost un Logis un Taschengeld bi ehre Buern.
An Franz von Holm un Willi von Strehk kann ik mi noch goot erinnern. Vadder hett vertellt, se keemen irgendwann na den Krieg tosamen mit Harry von Hanssen ut Schleswig ut Heim. De Ünnerbringung int Heim weer to düer; se schullen sik ehren Levensünnerhalt sölben verdeenen. So keemen se na Stolpe, weern eerst int Olenheim ünnerbröcht un

trocken denn op de Hööf, wo se Arbeit funnen harrn. Se alle harrn een Vörmund int Dörp, de sik üm Behördenkram un Geldangelegenheiten för ehr kümmern schull, un so leven se as Originale in Dörp, middenmang.
Wo Harry von Hanssen afbleven is, weet mien Vadder nich. Franz von Holm schull mit övernohmen warrn, as de Buernstell verköfft warrn schull, aver keener wull em hebben. He keem denn wedder int Olenheim, wo he irgendwann dootbleven is. Un Willi von Strehk, de hett dat richti goot dropen. Sien Vörmund hett irgendwann seggt: »Dat mit de Vörmundschapp is Tüterkraam. Willi kann veel beter mit Geld ümgahn as ik!« So worr he ganz eegenstännig. He weer flieti un fründli. Buer Strehk harr keen Kinner, un so hett Willi den Hof mit ant Lopen holen, bit de ole Buer wiet över achtig weer. Ton Dank hebbt Willi un sien Fru op den Hof levenslanget Wohnrecht kregen, un so worrn se, as de Buer doot bleev, mit den Hof verköfft.
Willi is nu eerst een poor Johr doot. He weer de letzte Adlige vun Stolpe. Sien Weetfru leevt jümmer noch op den Hof. Willi von Strehk sien Fru. All de Lüüd kennt ehr, de humpelnde ole Fru, de jümmer mit den lahmen Hund lopen is un mit em schimpen dä, aver knapp eener weet ehren Namen. Se heet Anneliese.

Mien Hoflieferant

Holger, mien Hoflieferant, is in Rente gahn. He kümmt nu nich mehr. Daran mutt ik mi eerst mol gewöhnen; denn Holger is doch jümmer komen, all veer Wochen, siet föfftig oder veertig oder dörtig oder tominst twintig Johren.
Siet een halve Ewigkeet jedenfalls is Holger mit een groten Lieferwagen vun Hof to Hof fohrt. Dat Auto weer vull mit allens, wat de Buer bruukt: Draht, Stricke, Melkmaschienreiniger, Melkerfett, Eutersalv, Melkerschörten, Wullsocken, Arbeitshanschen, Stromdrahtisolatoren, Batterien, Gummistebeln mit un ohne Stahlkappen, eben allens. Gern hett he jümmer vertellt, wo dat weer, as he darmit anfungen hett. Sien darmoligen Scheff harr den Lieferwagen köfft, un Holger schull em fohren. »Un«, hett Holger em fragt, »gifft dat eene besünnere Tour, de ik fohren schall?« Un de Scheff anter: »Holger, du fohrst vun Dörp to Dörp, un överall, wo du een Misthupen sühst, dar höltst du an un verköffst unsen Kroom.«
So hett Holger anfungen. Mit de Johren hebbt siene Scheffs öfter wesselt, aver Holger un siene Tour sünd jümmer gliek bleven, ok wenn een anner Nomen op dat Auto stunn. All veer Wochen keem he; ik köffte em sienen Kroom af un wi schnacken, meist över den unendlichen Neddergang vun Hol-

stein Kiel oder de ewigen Triumphe vun THW Kiel. In de letzten Johren hett Holger ok miene Böker verköfft, in sien Auto. Dar weer he al över fiefunsösstig, aver he fohr noch wieder, as wenn dat sien Hobby weer. »Mi mookt dat ja ok Spoß!«, sä Holger jümmer.

Nu is dat to End. Dar hett Holger vörher gar nix vun vertellt, aver nu, mit söbentig Johren, hett he sik to Roh sett. Letzte Woch weer sien Scheff hier, mit eene niege Fohrerin. Eene junge Deern mit een Morsgeweih un een Piercing in de Nees. Bi de schall ik nu mienen Draht köpen. Ok nich schlecht. Liekers warr ik Holger vermissen. Mien Hoflieferant in Ruhestand.

De ole Mann

Dat weer int letzte Johr, an Vörmeddag, irgendwann in Sommer. Wi wullen Silo oder Stroh fohren, wi harrn bannig wat opn Zettel. De Lehrling weer al bi un bu de Maschienen an de Treckers un ik weer bit fröhstücken, dar klingel dat an de Huusdöör. Ik mook de Döör op un denn stünn dar de ole Mann.
He weer böös klapperich. He weer langsam, richti langsam, he güng an Stock. Ik tippte op Schlaganfall. Ik keek em an. He sä Goden Dag un stellte sik för. He vertell mi, he weer jüst söbentig worrn un he weer in uns Huus geboren, jüst bevör sien Öllern unsen Hoff wedder verköfft harrn. Darna geev dat noch twee annere Besitzer, bit miene Öllern den Hoff 1965 köfft hebbt. He sä, he harr keene Erinnerung an dat Huus, aver he kunn nu wedder Auto fohren, keen wüss, wolang noch, un he wull noch eenmol sien Geburtshuus sehn.
So stünnen wi un schnacken, he vertell mi, wat sien Familie mookt harr, nadem se ut Stolpe wegtrocken weern, wo se all afbleven sünd un dat sien Broder, de Buer worrn weer, jümmer veel gesünder west weer as he sölben; aver wat nützt dat all, sien Broder weer nu doot un he noch ant Leven.
Dat weer interessant, he harr veel to vertellen, ik much gern mit em schnacken, aver ik harr keen Tied, de Arbeitsplan seet mi in Nacken. Liekers, ik

wull em jüst rinholen un em sien Geburtshuus wiesen, dar schepperte dat achter uns Maschienhalle. Ik leep üm de Eck un keek na. De Lehrling harr dat Stützrad vun Ladewagen afföhrt, un de Ladewagen weer op de Pickup knallt un allens weer twei. De Lehrling zuckte ratlos mit de Schullern un sä: »Afglitscht! Von der Kupplung!« Ik weer meist böös, nu harr ik den Kopp richti vull, un ik leep üm den Ladewagen rüm un schnackte mit mi sölben. Ut de Ogenwinkel kunn ik sehn, dat de ole Mann an sien Stock ganz langsam na sien olen Golf gung, insteeg un in Zeitlupe wedder weg fohr. He wunk mi to, un ik wunk torüch. Nu weer he weg, aver sien Geburtshuus hett he nochmol sehn, wenigstens vun buten.

Avends, in Melkstand, vertell ik mien Vadder vun düsse Begegnung. Un Vadder kreeg Tranen in de Ogen un sä: »Tscha, so is dat bi uns in uns Öller. De Doot kümmt neger. Un wenn de Minsch op den Doot to geiht, denn will he noch mol torüch an den Anfang, wo he herkümmt …«, un Vadder leep dat Water över de Backen. Dar fung dat bi mi ok an.

De ole Mann. Ik harr mi gern mehr Tied nohmen för em. Villich kümmt he noch mol wedder. Aver ik glööv dat nich.

Tradition

Nülichst harr ik Besöök ut Holland. Vun Arend un Gree Stuurwold ut Scheemda. Se harrn mi tofällig in Fernseher sehn, un dar full ehr op, dat wi den sülbigen Nomen harrn. As se in Schleswig-Holstein Urlaub moken dään – übrigens ohne Wohnwagen – dar sünd se mol vörbi komen un wi hebbt tosamen Kaffee drunken. De beiden weern al veel ünnerwegens west in Nordeuropa, un ok in Norwegen harrn se Styrvolls funnen, sogor eene Kirch in een Dörp bi Larvik, de de Styrvoll-Kirch heten dä. Un in eene Kirch in Holland geev dat een Gravsteen mit unsen Nomen un de Johrestahl »1603«.

Du lever Himmel, heff ik dacht, dat is aver lang her. Dat weer ja vör den Dörtigjohrigen Krieg! Un ik erinner mi an Exkursionen in de Landwirtschapschooltied, wenn wi op Hööf weern, un de Buer sä, de Hof weer al siet veerhunnert oder dreehunnert oder tweehunnert Johren in Familienbesitt. Denn weer ik jümmer son beten truri un keem mi wat billig vör. Denn uns Familientradition langt nich so wiet torüch. Jedenfalls weet dar keener wat vun.

Mit miene Vörfahren, so dücht mi, weer dat so as mit düsse Urtietkrebse, de dat fröher op de letzten Sieden vun billige Comicheften to bestellen geev. De weern eegentlich blots dröög Pulver, un wenn man Water ropkippen dä, denn fangen se an to leven. Un jüst so weer dat mit unsen Twieg vun de Familie. Anfang vun letzte Johrhunnert weern wi blots Pulver, un denn hett irgendeen Water op uns ropkippt, un wi fungen an to leven. Vörher: Keene Spur. Aver mit een Mol weern wi dar.

De Stührwoldts keemen vun een lütten Gutshof bi Westensee, Enkendörp, un weern dar Landarbeiter. Arme Lüüd. Ehemalige Lieveegene.

Denn bleev mien Uropa Christian doot; siene Weetfru Emma weer mit de ölben Kinner alleen. Aver nich lang; denn Christians Broder Claus sien Fru weer ok storven, un dar hett Claus sien Schwagersch heirat. He bröch fief Kinner mit, un een Dochter hebbt Claus un Emma denn noch tosamen kregen. So harrn se insgesamt sölbenteihn Kinner, un de wussen as Geschwister op, ok wenn se deelwies blots Cousins un Cousinen weern. Dar weer noch een Broder vun Claus un Christian, de heet Hein, un 1911 schmeten Claus, Emma un Hein ehr Geld tosamen un köfften den eersten lütten Buernhof, ölben Hektar, in Stolpe, op den Kieler Kamp. An 1. Februar 1911 trocken se alle dar in.

Tscha, int neegste Johr steiht uns een grotet Jubiläum int Huus. An 1. Februar 2011 sünd wi 100 Johr mehr oder weniger friee Buern in Stolpe, nu al in de veerte Generation. Emma un Claus, Anna un Johannes, Thea un Hannes, Birte un Matthias. Un ob dat wieder geiht, dat weet noch keener.

Mien Vadder, de sünst nich soveel vun de Dichter un Denker höllt, sünnern sik eher an de Buern un de Arbeiter höllt, mien Vadder sien leevste Spruch is vun Goethe: »Was du ererbst von deinen Vätern, erwirb es, um es zu besitzen.« Ik kann verstahn, worüm Vadder düssen Satz so geern hett. Dat is aver ok son richtiget Buernzitat. Un ik verstah, wat Goethe un wat mien Vadder darmit meent. De Hof is nicht blots Geschenk, he is ebenso veel Verpflichtung. Un machmol is dat as Buer gar nich so eenfach, mit soveel Verpflichtung ümtogahn.

För een richtigen Buern is natürli de gröttste Wunsch, dat de Hof wieder löppt. Normalerwies denkt Buern, wenn se denn Buern sünd un nich blots Landwirte, normalerwies denkt Buern nich kottfristi, sünnern in Generationen. Se entwickelt den Hof wieder, aver nich blots för sik sülben, sünnern ok för den möglichen Nafolger oder de Nafolgerin, un de Oltbuer op den Hof, wo ik lehrt heff, sä jümmer: »Wenn de Buer ophöllt, för den Nafolger to planen, is de Hof bald doot.« Un ik finn, een beten hett he recht, aver een beten ok nich. Denn mit eene grote Investition kannst du een Nafolger ok de Lust nehmen, wenn he so fastleggt is un so vull mit Arbeit, dat em de Freud afhannen kümmt.

As ik anfungen bün mit »Buer spelen«, as mien Öllern jümmer seggt, vör twölf Johren, 1998, dar geev dat in mien Heimatdörp noch recht een poor Buern mehr. Wi warrt jümmer weniger, un darbi to blieven warrt nich eenfacher. Nu sünd de Biogasanlagen in grote Mood, un Biogasanlagen freet nich blots Landschapp un betoniert ehr to mit Mais, nee, Biogasanlagen freet ok Buern. Nich to vergeten sünd de Kapitalanleger, de nich ut de Landwirtschapp stammen doot. Superrieke Lüüd investiert gern wedder in Boden. As Buer kann man dar blots schlecht gegenan stinken. Düt Johr hett de eerste vun mien Kollegen hier een groten Deel vun sien Land verköfft un denn wedder pacht. So kümmt he rünner vun de Zinsbelastung, aver verköpen kannst du dien Land blots eenmol. Un för de Tokunft is verköpen un wedder pachten ok eene Entscheedung: De Hof löppt ut.

So wiet bün ik noch nich, aver machmol is dat nich schön, wenn du weetst, du kannst in een Monat nich all de Reken betahlen, un du muttst utwählen, wer sien Geld nu al kriggt un wer eerst na dat neegste Melkgeld, neegsten Monat, un wer kriggt al gern Mahnungen? Un manche Lüüd denkt, ik mook veel Geld mit miene Böker un Lesungen, aver de Wahrheit is, dat ik dat Geld bitter nöödi heff, darmit de Hof ant Leven blifft.

So mook ik mi miene Gedanken. Över Tradition, övert Buer spelen. Villich is unse Familie de letzte Generation, de vun den Hof leven deit. Villich ok nich. Noch hool ik den Kopp boben. Un ik heff Utduer. Villich warrt allens beter.

An 1. Februar 2011 sünd wi 100 Johr Buern in Stolpe. Dat is een Grund to fiern. Wo ok jümmer dat wieder geiht, mit uns.